目次

第一章　青《あお》痣《あざ》

一

青柳剣一郎《あおやぎけんいちろう》は小石川《こいしかわ》からの帰りだった。

近習番組頭小野田彦太郎《おのだひこたろう》の屋敷を出たときから雨雲が張り出していた。これは途中で降られるなと思ったが、どうせ通り雨だろう、四半刻（三十分）ぐらい、どこかで雨宿りすればいいと高をくくっていたが、昌平坂《しょうへいざか》を下った頃からぽつりぽつりとやって来て、神田川《かんだがわ》沿いを歩いて、昌平橋に近づいた頃に本格的に降り出した。

どこかに避難しようにも、辺りに雨を凌《しの》げるような場所はない。印半纏《しるしばんてん》を頭に載せて、職人が駆け足で橋を渡って来た。

番傘を差した者もいるが、ほとんどの者は、突然の雨にあわてている。帰りがけ、小野田彦太郎の妻女りくが傘を貸してくれると言ったのを遠慮してしまったが、やはり借りてくるのだったと、後悔しても遅い。

ともかく、走ろう、と剣一郎が裾《すそ》をからげたとき、

「もし、お武家さま」

と、声をかけられた。

顔を向けると、羽織姿の商家の旦那ふうの五十年配の男が傘を差し出していた。

「どうぞ、これをお使いください」

眉毛が濃く、苦《にが》いものを呑み込んだあとのような顔つきだが、顔立ちに反して、その目は慈愛《じあい》に満ち、言葉以上のやさしさでこちらの心に語りかけてきた。

その横に、四十代半《なか》ばとおぼしき女も傘を差して立っている。夫婦のようだ。

「しかし」

剣一郎が遠慮するそばから、雨粒がさらに激しくなった。

男は自然な形で剣一郎の手に傘を渡し、自分は女のほうに入った。女は穏《おだ》やかな顔で、剣一郎に軽く会釈をした。

とたんに、傘を破るかと思うほどの雨が降り出した。

「助かった」

剣一郎は正直に口にした。

「傘を差しても、これでは濡れてしまいましょう。もし、お急ぎでなければ、私ども

の家にお立ち寄りになりませぬか。すぐ近くでございます」

「いや、そこまで……」

言いかけたが、傘の骨が折れるかのような強い雨だ。

「さあ、どうぞ、こちらへ」

男は先に立った。

「遠慮はいりません。私ども、ふたりだけの家でございますから」

女も品のよい笑みを漂《ただよ》わせて言う。

「では、お言葉に甘えて」

剣一郎は老夫婦のあとについて、昌平橋北詰にある湯島横町《ゆしまよこちょう》に向かった。

道はもうぬかるみ、水たまりが出来ていた。そこを難渋しながら、歩いて行ったが、

「ここでございます」

と、仕舞屋《しもたや》ふうの古い二階家の前で立ち止まった。

妻女が先に土間に入り、

「さあ、どうぞ」

と、男が勧めた。

傘をすぼめ、水を切ってから、剣一郎は土間に入った。

妻女が手拭《てぬぐ》いと濯《すす》ぎを持って来てくれた。濡れた髪と着物を拭き、足を濯いでから、剣一郎は部屋に上がった。

きれいに掃除が行き届いていて、住まうひとの人柄を偲《しの》ばせるようだった。

男は穏やかな目を向け、

「申し遅れました。私は佐兵衛《さへえ》と申します。これは愚妻のつねにございます」

ふたりは丁寧に挨拶《あいさつ》をした。

「私は青柳……」

剣一郎に最後まで言わせぬうちに、

「青柳剣一郎さまでございますね」

と、佐兵衛がにこやかに言う。

「これか」

剣一郎は左頬《ほお》に手を当てた。

「ご無礼を」

佐兵衛はあわてて低頭した。


「失礼する」

「いや。この頰の傷のために、ひとは青痣《あおあざ》与力と呼んでいる。気にすることはない」

剣一郎は筋肉質の長身で、眉が濃く、涼しげな目をした穏やかな顔だちなのだが、左頰にある疵《きず》が精悍《せいかん》な印象を与えている。

「恐れいります」

額《ひたい》の深い縦皺《じわ》は年輪のように佐兵衛の顔を重厚なものにしている。その皺の一つ一つに喜びや悲しみが刻み込まれているようだ。

きっと過去に深い悲しみを味わっているのかもしれない、と剣一郎は思った。

おつねがいれてくれた熱い茶を一口飲んでから、剣一郎は佐兵衛に訊《たず》ねた。

「失礼だが、ふたりは昌平橋の袂《たもと》にずっと立っていたようだが」

「はい。じつは、孫を待っておりました」

「ほう、孫を」

剣一郎ははたと気づいて、

「それでは、私の相手をしているどころではないな」

「いえ、きょう来るか、明日になるのか、さてまた明後日か、まだわからないのでございます」

佐兵衛は苦笑交じりに言う。

「それは、またどうして？」

「はい」

佐兵衛は言い淀《よど》んだが、穏やかな目を向け、

「じつは、お恥ずかしい話ですが、私どもの娘は十年前に家を飛び出しました」

佐兵衛の辛《つら》い過去の一端に触れた思いで、次の言葉を待った。

「伊太郎《いたろう》というならず者にそそのかされて、いっしょに江戸を離れてしまったのでございます。まだ、十七歳でございました」

ふと伜剣之助《せがれけんのすけ》のことを思い出し、剣一郎は胸に迫るものを感じた。とかく、子どもは親の心にそまないことに走りがちだ。

ただ、剣之助は志乃《しの》とふたり、遠い酒田《さかた》の地で元気に暮らしているらしい。それに、両方の親が納得ずくのことであり、その点では、佐兵衛の娘の場合とは置かれた状況は違うようだ。

「では、十年ぶりに娘御が帰って参るのか」

剣一郎はつい身につまされてきいた。

「いえ」

佐兵衛は首を横に振り、隣のおつねが瞼《まぶた》を押さえた。

「娘は帰ってきません」

剣一郎ははっとした。

「まさか」

剣一郎はおつねに目を向けた。おつねは目に涙を浮かべていた。

「はい。一ヶ月ほど前に、伊太郎から手紙が届きました。そこに、おとよが、あっ、娘のことでございますが、流行《はや》り病で亡くなったこと、ふたりの間に、おみつという七つになる子がいることが書かれてありました」

おつねが涙声で言う。

「十年振りの娘の消息を伝える手紙に、亡くなったという忌《い》まわしい文字。この十年間、一度たりとも、娘のことを忘れたことはありません」

佐兵衛がおつねの言葉を引き取った。

「そうか。それは辛いことだ」

剣一郎は我が身のように胸をせつなくした。

「手紙には、母親が死んで、おみつを育てることは難しい。ついては引き取ってもらいたいということでした」

「伊太郎がおみつを連れて来るのか」

「はい。手紙には、神田明神《みょうじん》の祭礼を見せてやりたいので、八月半ば頃までに連れて行くと書かれておりました。それで、つい外で待っていることが多くなりました」

神田明神の祭礼は来月の九月十四、十五日である。きょうは八月十四日。ひと月もあるが、伊太郎という男にとっても神田祭に思い出があるのかもしれない。

「娘御はどこで暮らしていたのかな」

「お伊勢《いせ》さんのある古市《ふるいち》という場所でした。そこから、僅《わず》か七つの子が旅をしてくるのかと思うと不憫《ふびん》でなりません」

佐兵衛が沈んだ顔で言う。

「でも、娘は私たちのためにおみつを残してくれたのです。おみつを、娘だと思い、育てていくつもりでございます」

佐兵衛は元気を出して言った。

「早く、会いたい」

おつねが呟《つぶや》くように言う。

「伊太郎という男、古市では何をしていたのだろうな」

剣一郎は気になった。伊太郎と娘は古市でどのような暮らしをしていたのか。

「わかりません。ただ、堅気《かたぎ》の仕事だとは思えません」

この十年来のことが頭に去来したのか、夫婦は目頭を押さえている。

「あっ、つまらないお話をお聞かせしてしまいました。これ、お茶のお代わりを」

「いえ、もう十分にいただいた」

雨音が小さくなっていた。

櫺子格子《れんじごうし》の窓に目を向けると、だいぶ雨脚も弱まっていた。

「小降りになったようだ。そろそろお暇《いとま》をしよう」

「そうですか」

佐兵衛は残念そうな顔をし、

「青柳さま。このようなむさ苦しい、老夫婦だけの味気ない家ではございますが、もし気が向きましたら、ぜひお立ち寄りください」

「はい。お待ちしております」

おつねも熱心に言う。

「かたじけない。おみつというお孫さんにも会いたいので、ぜひ、また寄らせていただく」

そう言って、剣一郎は土間に下りた。

「草履《ぞうり》は、まだ乾いておりませんでしょう」

「ご妻女どのが手拭いで拭いてくれたので、だいじょうぶ。では」

小雨ながら、まだ降っている。

「どうぞ、傘をお持ちください」

佐兵衛が傘を寄越した。

「では、お借りする」

傘を差し、剣一郎は佐兵衛の家をあとにした。

剣一郎は、とても落ち着いた、静かな気分になっていた。あの夫妻の穏やかな人柄に触れたせいだ。ふたりは共に信じ合い、固い絆《きずな》で結ばれている。そんな雰囲気がした。

自分たちもあのような夫婦になりたい。そう思わせるふたりだった。

佐兵衛とのしばしの語らいを思い出しながら、昌平橋に差しかかったとき、橋の上で若い武士とすれ違った。そのほっそりとした色白の顔に見覚えがあった。

風烈廻り与力として町廻りをしているとき、二度ほど見かけたことのある武士だ。やさしそうな顔だちに似合わず、常に目は何かを求めているかのような鋭い光を放っている。おそらく、あの者は何かを探しているのに違いない。

その武士は、神田川沿いを西に、湯島聖堂のほうに向かった。

いつしか、雨は止んでいた。

二

その日の朝、菅沼市之進《すがぬまいちのしん》は呉服《ごふく》町を歩き、七間《しちけん》町と交差する札《ふだ》の辻《つじ》を通った。駿府《すんぷ》町奉行所が掲げた高札がある。

その高札には見向きもせず、そこからしばらく行ったところにある大きな剣術道場の前にやって来た。

道場主の大崎吉右衛門《おおさききちえもん》は藩の剣術指南役を務めているだけあって、門弟の数も多く、武者窓から見える道場は活気に満ちていた。

市之進は門を潜《くぐ》り、玄関の前に立ち、

「お頼み申す」

と、大声で呼びかけた。

奥から、門弟のひとりが出て来た。市之進の顔を見るなり、急に表情が変わった。

「先日、きょうなら先生はご在宅とお伺《うかが》いし、やって参った」

市之進は取次ぎを頼んだ。

りませぬ。どうぞ、お引き取りください」

「何度お出でいただいても、先生はお会いすることはありませぬ。どうぞ、お引き取りください」

「でも」

「せめて先生に一手教えを乞《こ》いたくて」

きょうで最後と思いを込めて来たので、市之進は、おいそれとは諦《あきら》めない覚悟だった。

「当道場はそのようなことはいたしませぬ。もし、先生にご指導いただきたいのなら、入門されたらいかがか。しかし、門弟にするかしないかは先生のご判断だからな」

門弟はまったく相手にしてくれなかった。

「お願いでござる。先生にお取次ぎを」

「くどい。先生が会わないと仰《おつしや》っているのだ」

「どうか、私の腕をためしてみて」

そこに、奥から鬢《びん》に白いものが見える武士がやって来た。

「先生でございますか」

市之進は覚えず一歩前に出た。

「いや、違う。あまり騒がしいので、出てきてみたのだ。私は当道場の客分。菅沼氏と仰ったか。何度来ても無駄だ。ここは家中の者しか教えん。浪人の方には、また別の道場がござろう。どうぞ、そちらにお行きください。二度と、この敷居を跨《また》いだら奉行所に訴えますぞ」

最後は威《おど》しだった。

足の下の地面が崩れて行くような気がした。

「お願いでございます。せめて、一手なりとも先生に」

「どうぞ、お引き取りください」

客分の武士が冷たく突き放すように言った。

きょうもまた、市之進はすごすごと引き上げざるを得なかった。

浪人の方には、また別の道場がござろう、あの客分の武士の言葉が胸に突き刺さった。浪人は門弟にとらないのだ。

それでも、じかに大崎先生に自分の腕前を見てもらえれば、先生の自分を見る目も変わるのではないかと思っていたが、無駄だった。

市之進は、この地で仕官することは出来ないのだと思い知らされた。

絶望して、ふらふら彷徨《さまよ》うように、そこをどう歩いたのか、寺町《てらまち》にやって来ていた。

ふと、市之進の目に入ったのは由井正雪《ゆいしょうせつ》の首塚だった。

三代将軍家光《いえみつ》の時代、巷《ちまた》に浪人が溢《あふ》れていた。その浪人たちの不満を見かね、幕府の政道を正そうと、立ち上がったのが由井正雪と、宝蔵院《ほうぞういん》流の十字槍の名人で御茶《おち》の水《みず》に道場を開いていた丸橋《まるばし》忠弥《ちゅうや》であった。

将軍家光が亡くなった機をとらえ、幕府転覆《てんぷく》を諮《はか》ったが、謀叛《むほん》は事前に発覚し、この地、すなわち駿府の梅屋《うめや》で由井正雪は自害して果てたのだ。

その首塚を見つめながら、あの当時の浪人たちと自分は同じような気持ちなのかもしれないと思った。

しばらく、そこに佇《たたず》んでから、市之進はその場から逃げるように浅間《せんげん》神社の近くにある居候《いそうろう》をしている住まいに戻った。

呉服町の質屋『松屋《まつや》』の主人の松右衛門《まつえもん》の隠居所である。そこの離れに、市之進は世話になっていた。

夕方になって、市之進は濡縁に腰を下ろし、虫の音《ね》に耳を澄ませていた。

庭の芒《すすき》に、秋のもの悲しさを感じ、金木犀《きんもくせい》の匂いにも哀しみを覚えた。きょうは八月十五日。十五夜なのだと、感慨深くため息をついた。

二年前の十五夜には、赤穂《あこう》の自宅の庭で、許嫁《いいなずけ》の玉枝《たまえ》と共に月見の宴に興じたものを、今宵《こよい》はこの駿府の地でひとり侘《わび》しく月を眺めるのだ。

親友の本宮一太郎《もとみやいちたろう》と玉枝を殺そうとして襲撃に失敗し、そのまま藩を飛び出した。一時の感情の爆発から、ばかなことをしたと今になっては思うが、あのときはそうするしか、自分の気持ちを治める手立てはなかったのだ。

まさか、玉枝が親友と思っていた本宮一太郎と出来ていたとは……。思い出しても、そのときの胸を掻《か》きむしりたくなる苦痛が蘇《よみがえ》ってくる。

許嫁と親友に裏切られ、市之進は世間に合わせる顔もなかったから、どのみち赤穂を出て行くしかなかった。

赤穂藩は、あの忠臣蔵《ちゆうしんぐら》でおなじみの赤穂であるが、江戸城松の廊下で吉良上野介《きらこうずけのすけ》に刃傷《にんじよう》に及んだ浅野内匠頭《あさのたくみのかみ》の浅野藩は断絶。赤穂藩は一時、幕領になったが、その後、森《もり》氏の所領になった。

菅沼市之進は祖父の代からの森氏の家来であった。

出奔《しゆつぽん》してから二年近く、かつては藩きっての遣い手として、剣術指南役への道もとり沙汰《ざた》されていた身には、今の自分があまりにも不甲斐《ふがい》なかった。

かつては凛々《りり》しい若武者と評判であった姿も、出奔してからの苦労のせいか、今では五つ以上も歳上に見られた。まだ二十八歳なのに、三十半ばに見られることもあった。

虫の音が止んで、代わりに足音が聞こえた。

「菅沼さま。また、浮かぬ顔をなさっておりますな」

この家の主、松右衛門である。

五十歳に手の届く松右衛門は今は隠居をし、商売を息子にやらせている。が、要所は睨《にら》みをきかせているようだ。

松右衛門は濡縁に腰を下ろし、

「故郷が恋しくなりましたかな」

と、笑いかけた。

「いえ。故郷のことは忘れました」

「そうですか」

松右衛門は、嘘だとすぐに見破ったようだが、何も言わなかった。

「無為《むい》に過ごしていて自分が情けなくなってくるのです。このまま、自分は朽《く》ち果ててしまうのかと」

市之進はつい弱音を吐いた。

「ごもっともです。私とても、菅沼さまのような御方を、単なる用心棒代わりにしておくことが後ろめたくもあります」

「とんでもござらん。松右衛門どのにはよくしていただいている。あのとき、私は路銀も底をつき、途方にくれていたのです」

「いやいや、不逞《ふてい》の輩《やから》に襲われたのを助けていただいたご恩、松右衛門、決して忘れてはおりませぬ。また、ずっとご逗留《とうりゅう》くだすったおかげで、私どもを目の敵《かたき》にしていたならず者も、今は姿を消しました。これも、皆、菅沼さまのおかげ」

「いや。世話になっているのは私のほうです」

赤穂を出奔してから、市之進は大坂、京、浜松《はままつ》と居場所を求めて流れ歩いたが、落ち着き場所を得られず、江戸に向かおうとして差しかかったこの地で、何者かに襲われている松右衛門を助けた。そのことが縁で、この離れにやっかいになるようになったのだ。

その何者かとは、松右衛門の商売仇《がたき》の片瀬《かたせ》屋清兵衛《やせいべえ》という男に違いない。この清兵衛は、その後もならず者を使って、何度も『松屋』にいやがらせをしてきたが、そのたびに市之進が出て行って、ならず者をこてんぱんにやっつけた。

その甲斐《かい》あってか、片瀬屋は店を畳み、今はどこかへ去ってしまった。

「菅沼さまは、最近、大崎道場にお顔を出されているとか」

「ご存じでしたか。大崎先生に私の腕を認めてもらい、なんとかご推挙の道にありつけないかと思ってのことでしたが」

市之進の取り柄は一刀《いっとう》流の剣だ。藩でも、市之進の右に出る者はなかった。

出来れば、赤穂藩でなし遂げられなかった剣術指南役につきたいと願っている。

しかし、今の時代、剣の腕はあまり重く見られていない。それより、算盤《そろばん》のほうが重きを置かれているようだ。

「あの大崎吉右衛門さまに取り入ろうと、今までにも多くの剣客が押しかけて行っています。ですが、大崎さまはお会いにならないようです」

「そのようですね。きょう、そのことをはっきり思い知らされました」

市之進は諦めたように言った。

「菅沼さまのようなお方をこのままにしておくのはもったいのうございます。まだまだ、二十八歳とお若いのですから。じつは、私も藩のほうに当たっていたのでございますが、やはり思うようにいきませんでした」

「そこまでしていただいたとは……。かたじけなく思います」

そう答えたものの、市之進は落胆を隠せなかった。大崎道場の玄関先で、けんもほろろに追い返された屈辱が蘇る。

「菅沼さま。ご指南役を目指すのなら、何もこの藩である必要はありますまい。思い切って、江戸に出られたらいかがですか。江戸で、時節到来を待つのも手かもしれません」

「しかし、私には江戸に伝《つて》がありません」

「じつは、商用で江戸に出たときに知り合い、以降、懇意にしている剣術道場があります。そこは、いろいろな藩の武士が稽古に訪れております。私が紹介状をお書きしますので、しばらくその道場で食客としてお過ごしなされたらいかがですか。そこを足掛かりに」

「ご紹介いただけるのですか」

市之進が愁眉《しゅうび》を開いたように身を乗り出した。

「はい。その道場で、名声を馳《は》せれば、必ずどこかの藩から声がかかるやもしれません」

市之進とて、そんな簡単に事が運ぶとは思っていないが、それでも微《かす》かな灯火《ともしび》のような希望が生まれた。

「松右衛門どの。どうか、よしなに」

市之進は頭を下げた。

ここまで親身になってくれるとは、市之進は胸がいっぱいになった。

三

その夜。江戸八丁堀《はっちょうぼり》の剣一郎の屋敷の庭にも皓々《こうこう》と満月が射していた。

御神酒《おみき》徳利《どっくり》には芒をさし、衣《きぬ》かつぎ、枝豆、団子を三方《さんぼう》に載せて、座敷を開け放ち、縁側に置いて月に供える。団子は餡《あん》で、数は十五個。

「いいお月さまですね。北国でも、この月を眺めることが出来るでしょうね」

最近、とみに大人びてきたるいがしんみりと言う。

「いずこにおられようと、月見る心は同じでしょう」

多恵《たえ》が口許《くちもと》に笑みを浮かべ剣之助の陰膳《かげぜん》に目を向けた。

剣一郎も盃を手にしたまま、陰膳に目をやった。

剣之助は、近習番組頭小野田彦太郎のひとり娘の志乃と駆け落ちした。長男の剣之助に対して、志乃は婿《むこ》をとる立場。お互い、結ばれぬ運命《さだめ》を乗り越え、駆け落ちという形をとったのだ。

子どもだと思っていた剣之助の予想もつかなかった行動に、剣一郎は最初は驚き、困惑もしたが、今思えば、むべなるかなと、いう気もしている。

あのままであれば、志乃は父親の上役の命令により、意に添わぬ相手に嫁《とつ》がなければならなかったのだ。

志乃を助け、また小野田の家を守るためには、あれしか手段はなかったと、剣一郎は思い、かえって、剣之助、あっぱれだと褒《ほ》めてやりたい気持ちもしている。

そう思うのは、志乃の両親も、ふたりのことを許しているからでもあった。きのう、小野田彦太郎の屋敷に行って来たが、先方も剣之助と志乃の帰りを心待ちにしていた。今、ふたりは出羽《でわ》の国の酒田にいる。

「北国は冬の訪れが早いのでしょうね」

ますます母親の多恵に似てきた美しい顔を向け、るいがきく。

「風雪も厳しいであろうな」

剣一郎は多恵の酌を受けながら、日本海に面した酒田の町を想像した。

そこに、女中がやって来て、

「橋尾《はしお》さまがお越しです」

と言うそばから、橋尾左門《さもん》がずかずかと入って来た。

「いや、お揃《そろ》いのところを。お仲間にいれてもらえますかな」

「左門のおじさま。いらっしゃい」

「おう。るいどのか。ますます、お美しくなられた」

こんな如才《じよさい》のない左門だが、奉行所では吟味《ぎんみ》方の鬼与力としての威厳を保つように、いつもいかつい顔をしている。

「左門。奥方のほうはいいのか」

「ああ、逃げて来た。どうも、うちの奴は美しさで月に劣る。その点、多恵どのやるいどのは月以上」

「まあ、そんなことを仰って」

多恵が咎《とが》めるように言う。

「なあに、左門は口ではそんなことを言いながら、妻女に首ったけなのだ。大方、左門の家には親戚の者が押しかけているので逃げて来たのであろう」

剣一郎の言葉に、左門は苦い顔で、

「そんなところだ」

と言い、月に顔を向けた。

「ああ、いい月だ」

「さあ、おじさま。おひとつ」

るいが酌をする。

左門は大いに喜んで、

「これは、これは」

と、大きな盃をとった。

いつしか、多恵もるいも去って、左門とふたりきりになった。

「るいどのも、いずれ嫁に行ってしまうな」

「子どもだと思っていたが、親に関係なくどんどん成長していくものだ」

だんだん月も位置を変えて行く。

「すべて、物事は一つ所に留まってはくれぬものだな」

若いと思っていたが、もうすぐ四十に手の届く歳《とし》になるのだと、剣一郎はふと寂《さび》しくなった。

「おい、剣一郎。どうした？　いつもと、様子が違うぞ」

左門が訝《いぶか》しげな表情をしている。

「いや。俺たちも歳をとるものだと思ってな」

「なんだ、剣一郎らしくもない。歳など、関係ない。俺たちはまだまだ仕事では誰にも負けぬ。そうだろう」

「左門は、相変わらず元気がいい」

「ところで、妙な話を小耳に挟んだんだが」

左門は急に声をひそめた。すでに、位置が変わり、座敷から月は見えなくなっていた。

「小塚原《こつかっぱら》から新見紋三郎《にいみもんざぶろう》の亡骸《なきがら》がなくなっているらしいのだ」

「なんだと」

「いや。はっきり、そうだというわけではない。今年の五月の初め頃、野犬や烏《からす》があまりにも騒がしいので、千住回向院《せんじゅえこういん》の僧侶が様子を見に行ったところ、土が掘り起こされていたそうだ」

新見紋三郎は、絵師の国重《くにしげ》と名乗り、請け負い殺人を繰り返してきた男だった。剣一郎は、紋三郎を捕まえたものの、護送途中に橋の上から隅田《すみだ》川に飛び込んで逃れようとした。だが、手傷を負い、水嵩《みずかさ》の増した川を泳ぎきるのは難しく、死んだものと思っていた。

ところが、たまたま通りがかった船に助けられたのだ。生き返った紋三郎は剣一郎への復讐に走った。そして、この四月末に、深川《ふかがわ》の十万坪で決闘をし、剣一郎は紋三郎の腕を斬り落として、斬り捨てたのだ。

死骸は小塚原に埋葬された。埋葬といっても、悪人の場合は死体を捨てて、その上に土をかけるだけのことだ。だから、ときたま野犬に食い荒らされることがある。

「野犬の仕業《しわざ》と違うのか」

「そうかもしれぬ。が、さらに気になるのが、その頃、夜中に人影を見たというのだ」

「人影?」

「影は二つ。そこは、新見紋三郎の死体を埋めた辺りだったと、僧侶は言う」

「夜中に何をしていたのだろうか」

「おい。紋三郎には仲間がいなかったのか」

「奴には仲間はいなかったはずだ」

「しかと、そう言えるのか」

左門は厳しい顔になった。

「そう念を押されると、自信はないが……」

剣一郎は左門の不安そうな顔を見つめ、

「何を心配しているのだ？」

「亡骸を奪って、どこかに埋葬したとしたら、その連中は紋三郎にかなりな思い入れのある奴だろう。だとしたら、おぬしに仕返しをしようとするかもしれぬ」

「仮に仲間がいて、仕返しをするのなら、もうとっくに行動を起こしているはずだ。あれから三月《みつき》以上経つ。この間、俺の周辺に、そのようなことはまったくなかった」

「誰かに、つけられているとか、へんな奴が訪ねてきたとか、そういうことはなかったのだな」

「ない。それに、俺には、紋三郎に仲間がいたとはとうてい思えない。いや、いなかったと断言出来る」

「そうか」

ふと、左門は笑みを浮かべた。

「それで安心した」

「心配してくれていたのか」

「まあ、少しだけな」

そのとき、隣の部屋から、琴の音が聞こえてきた。『六段の調べ』で、るいが弾《ひ》いているのだ。

左門も、その音に聞きほれていた。

四

八月十七日の早朝。

旅立ちの支度《したく》が整い、市之進は松右衛門夫妻に別れの挨拶をした。

「菅沼さま。どうか、お体を大切に」

松右衛門が名残惜《なごりお》しそうに声を詰まらせた。

「ありがとうございます。ご夫妻もお達者で。このご恩は忘れません」

「菅沼さま。本音を申せば、菅沼さまにはこちらでずっとお過ごしいただきたいと思っておりました。ですが、それもわがままというもの。もし、万が一、江戸で思うように行かなければ、いつでもここに戻って来てください。この離れはずっと空《あ》けておきますので」

　このように親切にされたことが、市之進にはたまらなくうれしかった。親しい者の裏切りに遭い、人間不信に陥《おちい》っていた自分を救ってくれたのは、この松右衛門だった。

「これは当座の金子《きんす》です。どうぞ、お使いください」

松右衛門が差し出したのは十両だった。

「こんなに」

「出世払いで、お貸しするのです。遠慮なく、お持ちなさい」

「かたじけない」

覚えず、市之進は涙ぐんだ。

「いけません。新しい門出に涙なんか。手紙と手形を持ちましたね」

江戸の道場への紹介状と箱根《はこね》の関所の手形だ。箱根の関所は「入鉄砲《いりでっぽう》に出女《でおんな》」、つまり江戸から西へ出て行く女性と、江戸へ入る鉄砲などの武器について厳しく取調べたが、ふつうの者は手形を必要としないということだった。

しかし、手形があったほうが関所での取調べにも怪しまれないですむというので、松右衛門が用意してくれたのだ。

ではと、ようやく東の空がしらみかけた道を、途中何度も振り返っては手を振り、市之進は江戸へと旅立ったのだった。

東海道に入り、二里二十九町（約十一キロ）で江尻《えじり》の宿場に着いた。港町でもあり、東は三保《みほ》の松原《まつばら》がある。

この江尻から沼津《ぬまづ》まで船が出ているというが、土地の者がきょうの風向きでは危険だから乗らないほうがいいと言うので、市之進はそのまま東海道を次の興津《おきつ》に向かった。

街道の路傍には松の樹が植わり、一里ごとに一里塚が設けられ、そこに榎《えのき》が植えられている。

昼過ぎに、興津、由比《ゆい》を過ぎ、蒲原《かんばら》までやって来た。

途中の由比は、由井正雪の生家があったとされている。なぜか、由井正雪が市之進についてくるような気がしたが、もちろん気のせいだ。

蒲原の宿を離れ、富士川《ふじがわ》の河原で、松右衛門の妻女が作ってくれた握り飯をほおばり、渡船場から船で富士川を渡った。

初めて見る富士の山が間近に見えた。

吉原《よしわら》を過ぎると、松並木が続き、原《はら》の宿場になる。

ここまで約十三里。明六つ（六時）に府中《ふちゅう》を出発し、夕方の七つ（四時）を大きくまわっている。陽がだいぶ傾いていた。

次の沼津まで一里半。富士の裾野に夕陽が射し、見とれるような風景に圧倒されながら、市之進は沼津に向かった。

沼津は老中の水野忠成《みずのただあきら》のご城下で、千本松原《せんぼん》の名勝もあるが、市之進が宿場に入ったときはもう日が暮れて、見ることは出来なかった。

客引きに誘われ、市之進は井関屋丹兵衛《いせきやたんべえ》と名のある宿屋に入った。上がり框《がまち》に腰を下ろし、女中の持って来た濯ぎを使い、市之進は二階の部屋に案内された。

ちょうど風呂が空いているというので、梯子段《はしごだん》を下りて行った。そのとき、下から上がって来た男とぶつかりそうになった。

細面の顔つきは整っているが、目つきの鋭い男だ。

「ごめんなすって」

男はそう言い、市之進の脇をすれ違って行った。

三十二、三歳ぐらいだろうか。

風呂を上がって部屋に戻ると、夕飯の支度が出来ていた。

頼んだ酒が運ばれて来て、最初の一杯を女中が酌をしてくれた。

「お客さま、明日のお発《た》ちはいかがなさいますか」

「そんなに早くなくていい。明日は箱根越えだ。関所は厳しいのか」

「お客さま。手形はお持ちですか。でしたら、だいじょうぶですよ」

女中が去ってから、手酌で呑んでいると、隣の部屋から女の子の泣き声がした。それから、男の声。子どもをなぐさめているようだ。

隣は子ども連れか、と再び猪口《ちょこ》を口に運んだが、ふと、府中でのことが蘇ってきた。

あのまま松右衛門の世話を受けていれば、平穏に暮らしていけるであろう。だが、それはいつまでも続くものではない。

歳嵩《としかさ》の松右衛門が先に逝《ゆ》けば、市之進は後ろ楯《だて》を失うのだ。だから、市之進はあえて江戸に出ようとした。

そのことを、松右衛門もわかっていたに違いない。市之進の面倒をみていられるのは、自分が生きている間だけだと。

その夜、市之進は夢を見た。

玉枝と楽しく月見をしている。そのうちに、月が雲間に隠れて、辺りが真っ暗になった。が、すぐに雲は切れ、再び月影が射した。だが、さっきまで座敷にいた玉枝の姿がなかった。

そのうちにどこからか笑い声がする。玉枝の声だ。

市之進がその声のほうに行ってみると、玉枝がよその家の座敷にいて、月見をしている。玉枝、何をしているのだ。市之進は声をかけたが、聞こえない。そのうちに、もうひとりの影が現れた。

あっと、市之進が声を上げた。本宮一太郎だ。

そこで、市之進は目を覚ました。


翌朝、宿を出発するとき、きのう梯子段ですれ違った男といっしょになった。尻端折《しりっぱしょ》りをし、腰に道中差しという旅馴《たびな》れた様子。それ以上に、市之進を驚かせたのは、傍《かたわ》らに七、八歳と思える女の子がついていたことだ。

さては、隣の部屋にいたのはこのふたりだったのか。その女の子が、じっと市之進の顔を見つめている。

そして、何度か振り返っては市之進の顔を不思議そうに見て、女の子が男に手を引かれ、旅籠《はたご》を出て行った。


先に発ったふたりにすぐに追いつき、追い越したが、いつの間にか子どもを背負った男に追い抜かれた。

またも子どもがこっちに顔を向けている。市之進が微笑《ほほえ》むと、女の子は恥じらうように顔を背《そむ》けた。

子どもといっても、そんな小さな子ではない。その子を背負いながらも、達者な足だ。いったい何者だろうかと思ううちに、三島《みしま》宿に辿《たど》り着いた。

小田原《おだわら》との間に箱根八里が控え、そのために江戸から上る者、下る者もこの宿場に泊まることが多く、大いに繁盛した宿場町だ。

せっかくだからと三島大社に参詣《さんけい》をし、いよいよ箱根八里に向かう。

最初は平坦な道がつづいていたが、やがて坂になり、差しかかった塚原の立場をそのまま素通りする。ただ、もくもくと歩いて、山中新田の立場に着いた。焼き豆腐と団子が名物だという。だが、そこをそのまま行き過ぎ、うねうねとした七曲がりの急坂を喘《あえ》ぎながら上りきった所が箱根峠で、芦ノ湖《あしのこ》に映《は》える逆さ富士の景観に誰もが疲れを忘れる。

峠を下り、眼下に芦ノ湖を眺めつつ、杉並木の道を下っていくと箱根宿に着いた。

ここまでで、三島から箱根八里の半分弱だ。

旅籠、茶屋が並び、大勢の旅人が休憩していた。市之進はつい、あの子連れの男を探していた。

あの娘をおぶって先に行ったのかもしれないと、細身ながら、男の頑健《がんけん》な体に驚嘆《きょうたん》する思いだった。

その子連れの男と出会ったのは関所の入口、上方口《かみがたぐち》御門の前だった。通行の順番を待っている列にいた。

市之進がその列に並ぶと、何気なく振り向いた男と目が合った。向こうは軽く会釈をし、子どもの背を押して、門を潜って行った。

いったい、あのふたりはどういう関係だろうか。子どもがなついているところをみると、父娘かもしれないと思い、ふと先年に相次いで亡くなった父と母のことを思い出し、胸が詰まった。

五

朝からどんよりとした空模様だった。黒い雲が流れ、ときおり、冷たい風がさっと頬をなでる。

目の前には荒涼とした荒地が広がっている。

千住回向院の本堂を出て、剣一郎は裏手に出た。ここは小塚原。浅草《あさくさ》の仕置場とも呼ばれている刑場である。

ここで火刑、磔《はりつけ》、獄門と、残酷な処刑が行われる。処刑人の死骸は本所《ほんじょ》回向院に埋葬されてきたが、その余地がなくなって新たにここに埋葬されるようになった。

埋葬といっても、土を少し掘り、そこに死体を捨て、砂をかけるだけだから、野犬が食い荒らし、凄《すさ》まじい臭気が漂っている。

あちこちに地べたから木の枝のように突き出ているのは、ひとの腕や足の骨だ。

竹矢来の向こうにある獄門台にはきのう晒《さら》された首が二つ。生きているのではないかと思えるようなもの凄《すご》い形相《ぎょうそう》だ。押込み強盗の仲間だ。

橋尾左門の話を信用したわけではないが、どこか心の隅にひっかかるものがあった。

ここに、新見紋三郎の死体が埋められたのだ。

あれから三ヶ月余《あまり》。

剣一郎の身辺に怪しい動きはない。

だが、今、僧侶から聞いた話では、怪しい人影を見たのは新見紋三郎の死体を埋めた日の夜中だったという。

その周辺は野犬に荒らされた形跡はなく、何者かが掘り返したようだという感想を、僧侶は述べていた。

やはり、何者かが新見紋三郎の死体を盗んでいったと考えるほうが妥当のようだ。

しかし、誰が何のために。

もっとも理解しやすいのは、紋三郎に近しい者がちゃんと葬り、供養をしたいという願いからだが、紋三郎にはそのようなことをする近親者や仲間がいるとは思えないのだ。いや、断言出来る。そういう者はいない。

だとしたら……。

新見紋三郎の最期のことで、剣一郎が気になっていることがある。

十万坪での決闘の結末は、紋三郎の剣を持つ腕を、剣一郎が斬り落としたのだ。紋三郎は腕の付け根から血を噴き出しながら、苦しげにのたうちまわっていた。

楽にさせてやろうと、剣一郎が剣を紋三郎の胸に突き刺そうとしたとき、紋三郎に情をうつしたおつたという女が駆けつけて来て、訴えた。

「お願いでございます。このお方の最期を看取らせてくださいませ。私の腕の中で死なせてやりたいのです」

女を哀れと思い、剣一郎は止《とど》めを刺すことなく、そのまま引き上げたのだ。女はその場で自害して果てた。

だから、紋三郎に止めを刺していないのだ。あれだけの傷だ。血も大量に噴き出し、死は免《まぬか》れないはずだ。

そうは思いつつ、剣一郎は胸の辺りにしこりが出来たように落ち着かない。

それより、以前。新見紋三郎は隅田川に飛び込んで死んだはずだった。ところが、生きていた。あれだけの手傷を負って水の中を漂流しながらも生き返ったのだ。

やつは、再会したとき、地獄から帰った男だと言った。

まさに奴は地獄から蘇ったのだ。今度も……。

ばかな、そんなはずはないと、剣一郎は首を横に振る。

踵《きびす》を返し、剣一郎は通りに向かった。

さっと冷たい風が背中を駆け抜けた。ふと、背後に何者かが近づいて来た気配に、剣一郎は振り返る。そこにはただ荒涼たる風景が広がっているだけだった。

剣一郎は胸の辺りに砂を呑み込んだような不快感に苛《さいな》まれていた。山谷堀《さんやぼり》を渡り、花川戸《はなかわど》から駒形《こまがた》、そして蔵前《くらまえ》通りに入っても、まだ胸はすっきりしない。

まるで、新見紋三郎の亡霊にとりつかれたかのようだ。

剣一郎の足はいつしか昌平橋北詰にある湯島横町に向かっていた。

すると、昌平橋の袂に立っている佐兵衛の姿を見つけた。

剣一郎は近づいて行って声をかけた。

「佐兵衛どの」

振り返った佐兵衛は照れたように笑い、

「きょうも、ここに来てしまいました」

と、頭をかいた。

「いや、気持ちはわかる。他人の私でさえ、待ち遠しい気持ちでおるからな」

「なかなか、待つというのも苦しいものでございます」

「それは、待つ甲斐があるからだろう。もう、しばらくの辛抱だ」

その間にも、橋にはたくさんのひとの行き来があり、ときおり、佐兵衛の顔つきが変わるが、そのたびにため息をついた。

「あっ、いけませぬ。せっかくいらしてくだすったのですから、うちにお寄りくださ い」

「いや。やって来るとしたら、これからだ。おみつちゃんがやって来たら、改めて」

「そうでございますか」

やはり、気持ちが孫のほうにいっているとみえて、佐兵衛はうれしそうに頷《うなず》いた。

いったい、佐兵衛は若い頃、何をしていたのだろうか。

佐兵衛と別れ、剣一郎は昌平橋を渡って行った。

八辻《やつじ》ヶ原《はら》から須田《すだ》町の通りに入ると、剣一郎はいつしか父娘らしいふたり連れを探す目になっていた。

奉行所に戻り、与力詰所に落ち着いたとき、見習いの坂本時次郎《さかもとときじろう》がやって来て、年番方与力の宇野清左衛門《うのせいざえもん》さまがお呼びでございますと告げた。

剣之助の親友である時次郎は、心なしか元気がないようだ。声をかけてやろうとする前に、時次郎は引き下がっていた。

剣一郎が年番方の部屋を訪れると、宇野清左衛門は待ち兼ねたように立ち上がって来て、空《あ》いている部屋に剣一郎を連れて行った。

宇野清左衛門は若い頃は吟味方で鬼与力として名を馳《は》せ、今では与力の最古参として役所内の一切に目を光らせている。

差し向かいになってから、宇野清左衛門は威厳に満ちた顔を幾分、曇らせ、

「じつは困ったことが出来《しゅったい》したのだ」

と、声をひそめた。

「なんでございましょうか」

「岡部忠太郎《おかべただたろう》のことだ」

「岡部さんが何か」

岡部忠太郎は市中取締諸色調掛《しちゆうとりしまりしよしきしらべがか》りを務める。中肉中背で、ふだんは穏やかな人柄だが、いざ仕事に入れば、顔つきまで鋭くなる。

「先日、岡部忠太郎の屋敷に行ったという、ある藩の御留守居役から聞いたのだが、岡部の妻女はかなり高級な着物に簪《かんざし》を挿《さ》していたと驚いていた。ちょっと気になって、岡部の隣に住む者に訊ねたのだが、岡部の屋敷の内部はかなり贅《ぜい》を尽くした造りになっているそうだ」

「贅を尽くすですか」

「奥のほうの座敷は檜《ひのき》をふんだんに使った豪壮な造りになっている」

ふつう武家屋敷は、門から入った式台玄関から次の間、座敷に比べ、裏側の私室などは質素な造りになっているものだが、岡部の屋敷はそれが逆らしい。

「床の間の掛け軸、香炉《こうろ》などは言うに及ばず、庭に池を造り、鯉が泳ぎ、まるで大名のお屋敷を小さくしたようだと話していた。そればかりではなく、呉服屋や太物屋《ふとものや》が大きな風呂敷包を持って出入りもしているようだ」

剣一郎は複雑な思いがした。

市中取締諸色調掛りというのは、市中の商品の不当な値上がりを抑え価格の取締りをする掛りだ。

諸藩も、国の物産を江戸蔵屋敷に運び入れて問屋に払い下げるときに、この市中取締諸色調掛りに何かと便宜を図ってもらおうとして付届けをするので、市中取締諸色調掛りというのはなかなか役得の多いところだ。

それにしても、豪勢な暮らし振りだと聞くと、不正に関わっているのではないかと、御目付《おめつけ》に目をつけられかねない。

「わしのほうから、注意するのも角《かど》が立つ。青柳どのから、それとなく岡部に話してみてくれないか。痛くもない腹をさぐられないように、とな」

もともと奉行所自体に職掌柄、付届けが多く、さらにそれぞれの与力、同心たちにも個人的な付届けがある。

したがって、与力は二百石取りだが、付届けのおかげで四、五百石取りぐらいの生活が出来るのだ。

しかし、だからといって屋敷を豪壮に造り替えるというのは、半端な実入りでは出来ない。

賄賂《わいろ》にあたる付届けがある、あるいはこちらからそれを要求したりするなど、そういう不正を疑われても仕方がない。

それにしても、なぜ、そのような役目を私にやらせるのですか、と剣一郎は喉元まで出かかったが、日頃世話になっている宇野清左衛門には言い返せない。

それでなくとも、宇野清左衛門は年番方の長老で、町奉行所全般の取締り、金銭の保管などを行っている。奉行所のことに通暁《つうぎょう》しているので、奉行も一目置いている存在であった。

ことに今は、剣之助の休職のことで便宜を図ってもらっているので、なおさらだ。

「わかりました。暇《ひま》をみつけて岡部さんに話してみます」

「うむ。頼む」

宇野清左衛門はほっとしたように立ち上がったが、剣一郎は改めてやっかいな役目を引き受けたと気が重くなり、すぐには立ち上がる気力が起きなかった。

六

きょうも朝から晴れていた。

府中を出てから沼津、小田原、神奈川《かながわ》宿と旅籠に泊まり、菅沼市之進はようやく川《かわ》崎《さき》宿を過ぎ、六郷《ろくごう》の渡しに乗り、そして今、大森《おおもり》海岸を過ぎ、鈴《すず》ケ森《もり》の刑場の脇を通った。

府中では、由井正雪の首塚を見、由比は由井正雪の実家のあったところ、そしてここで由井正雪と行動を共にした丸橋忠弥が処刑されている。なんとなく、市之進の傍《かたわ》らに由井正雪がついてまわっているような気がした。

昼近くになって品川《しながわ》宿に着いた。

飯盛女郎《めしもり》がたくさんおり、大きな遊廓だった。市之進はそのまま、品川宿を突っ切った。

品川宿を出ると、すぐ左手に御殿山《ごてんやま》があり、右手には袖《そで》ヶ浦《うら》の海が続いている。

やがて、高輪《たかなわ》の大木戸に差しかかった。大木戸は左右の石垣にはさまれている。

昼になり、空腹を覚え、その手前にある茶店の暖簾《のれん》を、市之進はくぐった。

もう江戸に着いたという安堵感からか、市之進はちょっと奮発をし、ひらめやたこなどを肴《さかな》に酒を呑み、店を出たときには少しいい気持ちになっていた。

府中の松右衛門からもらった餞別《せんべつ》のほとんどは胴巻きの中に残っている。これは、江戸についての生活のための金だから大事にしなければならない。

道場のある場所は神田小柳《こやなぎ》町。今は昼だから、夕方にはつけそうだ。まずは、道場に着きさえすれば、だいじょうぶだ。

大木戸に向かったが、ひとの多さに驚いた。旅に出るひと、見送りのひと。大きな荷をかついだ人足。供《とも》を連れた武士、商家の旦那ふうの男。さまざまなひとたちが行き交う。その中で、ふと目に入ったのは前を行く男と女の子。男は三十二、三歳。道中差しを腰に、着物を尻端折りし、旅馴れた物腰で、堅気のようには思えない。子どもは七歳ぐらいの女の子だ。

沼津の旅籠でいっしょになり、箱根の関所でも見かけた親子連れと思えるふたりだ。

ときおり、男は子どもを背負って歩いていたので、子連れでも、急ぎ足でやって来た市之進にも遅れることはなかった。

赤穂藩を飛び出して、はや二年。もう、本宮一太郎と玉枝は祝言《しゅうげん》を挙げたことであろう。ふたりの間には子まで出来たかもしれない。裏切られた怒りがまたも蘇って来た。

なぜ、ふたりを斬り殺さなかったのか。その思いが今でも、ふと過《よぎ》る。しかし、殺していたら、今頃は敵《かたき》として狙《ねら》われるようになっていただろう。

ひとを平気で裏切る者もいれば、府中の松右衛門のように親身になって親切にしてくれる者もいる。

その松右衛門の紹介で、今、市之進は江戸に新しい居場所を見つけに向かうところだった。

荒巻源助《あらまきげんすけ》という念《ねん》流の道場主は、江戸でも有名な剣客だという。各藩からの門弟も多く、各藩の家老ともつきあいがあるというから、これからの市之進の精進《しょうじん》次第では、仕官も決して夢ではないと、松右衛門は励ましてくれたのだ。

そんなことを考えながら歩いていたのと、さっき呑んだ酒の影響か、いきなりぶちあたってきた男をよけることが出来なかった。

だが、それでも市之進はとっさにその男の腕をとっていた。その指先に、縞《しま》の財布。

「痛てて。何をしやがんで」

男が悲鳴を上げた。

あとから駆けて来たのは商家の番頭ふうの男だ。

「あっ、私の財布です」

「巾着切《きんちゃく》りか」

市之進は腕をねじ上げた。

掏摸《すり》は悲鳴を上げた。

「勘弁してくれ」

「掏摸取ったものを、俺の懐に隠そうとしたのか」

掏摸の手首をつかみながら、市之進は財布を番頭ふうの男に返した。

「ありがとうございました」

番頭がぺこぺこ頭を下げる。

「気をつけることだ」

番頭に言ってから、市之進は暴れている掏摸の手首を放してやった。

掏摸は無様にじべたにひっくり返った。

素早く起き上がり、

「この野郎」

と、掏摸がすごんだが、とたんに後退《あとずさ》った。

「あ、あなたは……」

掏摸はばつが悪そうに急に小さくなり、

「ほんの出来心で。すいやせん」

と、あわてて踵《きびす》を返して品川方面に逃げ出した。

いつの間にか、野次馬が取り囲んでいた。その中から、誰かが叫んだ声が耳に飛び込んだ。

「青痣与力だ」

なんのことか、わからず、市之進はその場を逃げるように大木戸をくぐって行った。

さっきの父娘のふたり連れを追い越して行く。

背後から、青痣与力という声がまたも聞こえた。

なんだ、青痣与力というのは、と市之進は自分の右頬に手をやった。

市之進は、本宮一太郎を斬ろうとしたとき、玉枝が死に物狂いで振るった短刀で頬を斬られていた。その傷が、今青痣になっている。このことを言っているのだろうが、与力とはどういう意味か。

芝《しば》の増上寺《ぞうじょう》を左手に見、そのまままっすぐ東海道を日本橋に向かう。

新橋を過ぎると、ますます通りの人出も多く、両側には大店《おおだな》が軒を並べ、さすがに江戸だと、市之進は目を見張る思いだった。

東海道の起点の日本橋に着いた頃には、商家の屋根の上から斜めに西陽が射し、市之進の左頬を照らしていた。

橋を渡る。川にもたくさんの船が行き来していた。橋を渡り切ると、やがて、有名な呉服店の越後屋《えちご》が現れた。

市之進は江戸の大きさに圧倒されながら、ようようのことに神田須田町にやって来た。

神田小柳町は須田町の近くらしい。通り掛かった職人体《てい》の男に訊ねると、すぐその道を入って、向こう側の町だと教えてくれた。

「青柳さまではないので？」

その職人は不思議そうにきいた。

「いや」

なんだかわからないまま、先を急ぐ市之進は言われたとおりの道を辿って、小柳町にやって来た。

少し歩き回ったが、ひとに場所を訊ねるまでもなかった。荒巻源助道場はすぐに見つかった。

武者窓から道場を覗《のぞ》いたが、稽古《けいこ》をしている様子はなかった。

市之進は表にまわり、閉まっている門を開け、中に入った。どうも閑散としている。

玄関も閉まっている。市之進は戸を開けて、大きな声で来訪を告げた。

もう稽古は終わり、門弟も引き上げたあとなのだろうか。だが、道場主の家族や住み込みの門弟とているはずだ。

頼みます、と大声で何度も奥に向かって呼びかけた。聞こえないのか、留守なのか、誰も出て来る気配はない。

市之進はその場に立って待った。ときたま、お頼み申すと大声を張り上げるが、やはり返事はない。

松右衛門からもらった金があるので、旅籠に泊まることは出来るが、ここを頼りにやって来たので、市之進は困惑した。

だんだん夕暮れてきたとき、ふと背後にひとの気配がした。

老婦人が立っていた。そばに、女中らしい女がついていた。

救われたような思いで、市之進は声をかけた。

「この道場の御方でございますか。私は菅沼市之進と申します。荒巻源助先生にお目通りいただきたく、ご紹介の文を携《たずさ》えて参上いたしました」

市之進は手紙を渡した。

「そうですか」

そう言い、老婦人は傍らの女中に、

「客間にご案内を」

と言い、自分は部屋に上がって奥に向かった。

「どうぞ、こちらへ」

女中が小さな声で言い、先に立った。

玄関を上がり、板敷きの間から道場に向かう途中の廊下を右に折れて、内庭に面した部屋に案内された。

閑散として、静かな部屋だ。ひとの温もりが感じられない。いったい、これはどうしたことだと不思議に思いながら待っていると、ようやく先程の老婦人が現れた。

「菅沼さま」

老婦人が凜《りん》とした声で言う。

「はい」

「荒巻源助は半年前に亡くなりました」

「えっ……」

市之進は絶句した。

「以前より、心の臓が弱っていたようなのですが、あまりにも急に」

老婦人は涙を拭《ぬぐ》った。

この老婦人は、荒巻源助の妻女だった。

「主人が亡くなりましてからは、門弟もひとり減り、ふたり減りと、とうとう今では道場として立ち行かなくなってしまいました」

市之進は絶望に打ちのめされた。

「そういう事情でございますから、この手紙に書いてあることをお受け出来ません。どうぞ、ご理解ください」

老婦人は手紙を市之進に返して寄越した。

新天地を求めてやって来たのだが、すべて夢と化した。その衝撃に、市之進は声も震えた。

「お子さまはいらっしゃらなかったのですか」

せめて跡継ぎがいれば、自分が道場を守《も》り立てて行くことが出来ると、市之進は思ったのだ。

「息子がおりますが、さるところに仕官をしており、道場を継ぐものはおりません。すでに、この道場は他人《ひと》のもの。私たちもあと数日で出ていかねばならぬのです。今も、後片付けに来ただけです」

「そういうこととは露知らず……」

市之進は唇を嚙《か》みしめた。

「先生にお線香をお上げしたいのですが」

最後に仏壇に手を合わせていこうとした。一度も会ったことのない相手だが、これも何かの縁である。

「それが、仏壇も運び去りました」

「えっ。では、ここには何も……」

今気がついたが、屋敷の中には家財道具もなかった。すでに運び出されたあとのようだった。

「そうでしたか。わかりました。これで失礼をさせていただきます」

市之進は立ち上がったが、足に力が入らず、よろけそうになったのをあわてて踏ん張った。

これから、泊まる場所を探さねばならないのかと思うと、市之進は気が重たい。

「あの、お願いがあるのですが」

「なんでしょうか」

「道場の隅でも構いません。どうか、今夜一晩でも泊めていただくわけにはまいりませんか」

急に疲れが出たのか、体がだるかった。

「しかし、夜具もありませんが」

「構いません。ごろ寝で。泊めていただくと助かります」

「それでしたら、どうぞ、このお部屋でもお使いください。夜は、もう誰もいなくなりますが」

「はい。ありがとうございます」

「では、私はこれで引き上げますので」

老婦人はさっきの女中といっしょに、この屋敷から出て行った。屋敷に向かって、深々と一礼したのは、もう二度とここに来ることはないからだろうか。

さしもの広い屋敷に、市之進ひとりだけだ。最近はひとの寝泊まりしていない部屋はどことなく侘《わび》しかった。

市之進はそこに倒れ込むように横たわった。

瞼《まぶた》が重い。市之進は絶望感に包まれた。寄る辺のない江戸で、これからどうしたらよいのか。

いつの間にか寝入ったが、喉の渇《かわ》きを覚えて目が覚めた。知らぬ間に、部屋の中は暗くなっていた。行灯《あんどん》とてない。半刻（一時間）ぐらい寝ていたようだ。

市之進は空腹を覚え、屋敷の外に出た。

一膳飯屋を探しながら歩いていると、広い場所に出た。

丸い月が出ていて、辺りは明るい。向こうに土手が見える。広々とした原っぱを途中まで行くと、橋が見える。市之進はふらふらとその橋のほうに向かった。

橋に近づいたとき、その橋を渡って来るふたり連れの男がいた。ひとりは丸顔の男だが、もうひとりの顔に見覚えがあった。

あの男だ。旅装を解いて、縞の着流しだが、間違いなかった。あの父娘の目的の場所もこの付近だったのかと、市之進は小さな娘を思い出した。

その男も市之進に気づいて、市之進のほうに目をやっていた。

橋の途中で、市之進は須田町のほうに戻った。途中で振り返ると、さっきの男が市之進のほうをまだ見ていた。

七

その夜、屋敷に戻り、夕飯を食べ終えてから、剣一郎は刀を持って部屋を出た。

普段着なので、多恵が声をかけた。

「どちらへ」

「岡部さんのところだ」

「お珍しいですね」

「うむ。宇野さまから頼まれてな」

剣一郎は気重そうに言う。

「じつは、岡部さんの家は贅を尽くした造りに建て替えられているらしいのだ。今朝、念のために、岡部さんの屋敷の裏手に行ってみた。庭には築山《つきやま》が出来ている。大きな庭石もあり、かなりな庭だ」

「まあ」

「あまり、派手な暮らしだと、どんな災難が降りかかるかわからんのでな。しかし、気のすすまない役目だ」

剣一郎は苦笑しながら、玄関に向かった。

雲が張り出し、月は隠れ、辺りは真っ暗だが、知り尽くした町並みである。

迷うことなく、岡部忠太郎の屋敷に着いた。

門を入り、玄関で案内を乞《こ》うと、妻女が出て来た。三十半ばで、きつね目が少しきつい感じを与えるが、美しい顔立ちである。

「まあ、青柳さま」

妻女は意外な来客に目を見張っていた。

「夜分、恐れいります。岡部さん、いらっしゃいますか」

「はい。どうぞ」

妻女は、剣一郎を客間に案内した。前を行く妻女の髪に、鼈甲《べっこう》の蒔絵櫛《まきえぐし》が飾られていた。かなり高価なものに違いない。

客間に通されて待っていると、中肉中背の岡部忠太郎がやって来た。

「青柳どの。珍しいの」

岡部は警戒するような目を向けた。

「夜分、押しかけまして申し訳ありません」

「なんの。して、何用か。まさか、宇野さまから何か言われたとか」

岡部は冷笑を浮かべた。

「宇野さまに何かと仰いますと？」

剣一郎はとぼけた。

「いや。なんでもない」

岡部忠太郎は剣一郎より年長で、四十歳になる。同じ市中取締諸色調掛りの与力、沖村彦太郎《おきむらひこたろう》と同い年だが、沖村彦太郎がどこか剣一郎に対して遠慮がちであるのに対して、岡部忠太郎は剣一郎に反感を抱いているようだった。

　お奉行から厚い信頼を得、年番方の長である宇野清左衛門からも一目置かれ、若い与力や同心たちから尊敬の念をもたれている。そんな剣一郎に対して、岡部忠太郎は嫉妬《しっと》に似た敵愾心《てきがいしん》を持っているのかもしれない。

「じつは、今朝、ちょっとこちらのほうに所用があって通りかかりましたら、こちらの裏庭に築山らしきものがあるのが見え、目を見張りました」

「やはり、そのことか」

　岡部は顔を歪《ゆが》めた。

「と、仰いますと？」

「いや。何かと口さがない連中が、いらぬことを言いふらすものでな。あれは、貯《たくわ》えを取り崩して、造ったもの。他人にとやかく言われる筋合いのものではござらん」

「確かに、仰るとおりでございます。ただ」

　と剣一郎が口調を改めると、岡部は身構えるように膝に置いた手を拳に握った。

「派手な暮らしぶりは、周囲の者の嫉妬を買い、痛くもない腹を探られてしまいます。また、あらぬ誤解のもとになるかもしれませぬ」

「誤解とは何だ？」

　少しうろたえたように、岡部は目をしばたたいた。

「我らには、いろいろ付届けがございます。いろいろ便宜を図ってもらいたいからでありましょう。これもまた必要悪と申せましょう。しかし、何事にも度が過ぎてはなりませぬ。先方から差し出されるのならともかく、こちらから要求するなどはもっての他だと思います」

「青柳どの。何が言いたいのだ。まるで、わしが付届けをねだっているような言い方ではないか」

「いえ、そうではありませぬ。先程も申しましたように、あらぬ疑いをかけられぬようにしませぬと」

「やはり、そなたは宇野さまの言いつけで」

　岡部は頰を震わせた。

「いえ。宇野さまは関係ありませぬ。私がこのような普段着で、お屋敷にお邪魔したのも、役務とは関係ないことゆえ。老婆心《ろうばしん》からお話ししたまで」

「青柳どの。我が家を、己《おのれ》の金でいかにしようとも傍《はた》からよけいなことを言われる筋合いはない。無礼ではないか」

依怙地《いこじ》になっていると、剣一郎は思った。

だが、へたをすれば、岡部忠太郎の命取りになりかねないので、剣一郎は簡単に引っ込むわけにはいかなかった。

「藩の特産品を江戸で捌《さば》く場合、藩も都合のよい問屋と結びつこうと、何かと岡部さんを頼りにするでしょう。贅沢な暮らしをしていると、不正に付届けを得ているのではないかという、あらぬ疑いを持たれかねませぬ。万が一、御目付の耳にでも……」

「ええい。もう、よいわ。帰れ、帰ってくれ」

岡部は憤然と立ち上がった。

「岡部さん」

剣一郎は下から岡部の顔を見つめ、

「お叱りを被《こうむ》ろうと、私はご意見申し上げます。今のこと、しかとお考えください」

と、毅然《きぜん》たる態度を示した。

「失礼いたします」

立ち上がって一礼をし、剣一郎は部屋を出た。

女中が見送りに出て来たが、妻女も顔を出さなかった。

剣一郎は屈託を抱えて、屋敷に戻った。

「あまり、うまくいかなかったようですね」

多恵が刀を受け取ってからきいた。

部屋に入り、剣一郎は疲れた顔で、ため息をついた。

「お茶でもいれましょう」

多恵が台所に向かった。

そういえば、岡部の家では茶も馳走してもらえなかった。剣一郎の用向きを察していたようだ。

「もう少し、控えめな御方だと思っていたのだが」

茶を持って来た多恵に、剣一郎は言う。

「あのご妻女も、ずいぶん高そうな鼈甲の蒔絵櫛をつけていた」

「奥さまが？」

多恵は不思議そうな顔をした。

「何か」

「ええ。あの奥さまは、いつも控えめで質素なお方であられましたけど」

「すると、夫婦揃って、贅沢がしたくなったのか」

確かに、岡部忠太郎が庭や私室を豪華にしたのは、貯えを取り崩して費用を捻出したのかもしれない。だが、市中取締諸色調掛りという職掌柄、あらぬ疑いをもたれやすい。

「折りをみて、私も奥さまとお話をしてみます」

多恵が思い詰めたような目をした。

心底、岡部忠太郎夫妻の心配をしているのだ。そこが、多恵のよいところであり、老若貴賤の別なく、誰の相談にも乗ってやる多恵の人柄だった。


翌日。朝から強い風が吹いていた。

着流しに巻羽織《まきばおり》で、風烈廻り与力の青柳剣一郎はいつものように同心の礒島源太郎《いそじまげんたろう》と只野平四郎《ただのへいしろう》を引き連れ、市中の見廻りに出ていた。

奉行所を出掛けに、定町廻り同心の植村京之進《うえむらきょうのしん》に会ったので、剣一郎は詳しいことを言わずに、

「ここ三ヶ月以内で、右腕を肩の付け根から失った怪我《けが》人の治療をしたことのある医者がいないか、手の空いたときにでも調べてはもらえぬか」

かねてから、青痣与力の剣一郎に心酔している京之進はわけもきかずに請け合って

くれた。

無駄な苦労だと思いつつ、万が一ということを考えたのだ。紋三郎は死んでものち、剣一郎を苦しめているのは間違いなかった。

日本橋を渡り、本石町《ほんこくちょう》から鎌倉河岸《かまくらがし》へと向かう。

そろそろ彼岸《ひがん》だ。新見紋三郎のことから只野平四郎の父親のことを思い出した。

「早いものだ。お父上がお亡くなりになって、八ヶ月ほど経つのだな」

剣一郎がしみじみと、平四郎に言う。

「はい。去年の師走《しわす》のことでしたから」

「そうだった。暮れも押し迫ったときだった」

新見紋三郎はもともと小普請《こぶしん》組の御家人だったが、商家の内儀と懇《ねんご》ろになって金を貢がせていて、亭主に見つかると内儀と亭主を殺して逐電した。その事件の探索をしていたのが、当時まだ現役の定町廻り同心だった平四郎の父親だった。

去年の十二月、この父親の命を賭けての奮戦により、新見紋三郎をいったんはお縄にしたのだ。

「すると、子どもも八ヶ月か」

礒島源太郎が目を丸くした。

「はい」

不思議なことに、父親の亡くなった日の同じ時刻に誕生したという。父の生まれ変わりだと、平四郎は語っていた。

「可愛いさかりだのう」

剣一郎は、剣之助やるいが生まれた当時のことを思い出していた。

昌平橋に差しかかったとき、そこに佐兵衛の姿のないことに気づいた。

さては、到着したのかと、剣一郎は覚えず顔を綻《ほころ》ばせた。

昌平橋を渡ったところで、礒島源太郎と只野平四郎に神田明神で待つように言い、剣一郎は湯島横町の佐兵衛の家に行った。

格子戸を開け、

「ごめん」

と、声をかける。

待つ間もなく、佐兵衛が出て来た。

「あっ、これは青柳さま」

「近くを通り掛かったのでちょっと寄ってみたのだ。おみつちゃんは来られたか」

剣一郎は、佐兵衛の綻んだ顔で答えがわかっていた。

「はい。参りました。娘にそっくりでして」

佐兵衛は目尻を下げた。

「そうか。それはよかった」

「今、婆さんと神田明神に行っております」

「そうか。来月は神田祭だな。喜ぶであろう」

ふと、奥のほうから誰かが見つめているのに気づいた。おそらく、伊太郎という男だろうと思ったが、顔は見えない。

「では、役務の途中なので。そうそう、傘をまだ借りっぱなしであった。今度、お持ちする」

「いいえ。どうぞ、お気になさらずに」

佐兵衛の心は弾《はず》んでいるように思えた。

剣一郎は安心して土間を出た。

神田明神に向かう途中、人ごみの中に、女の子の手を引いているおつねを見つけた。

あれがおみつか。色白で、器量のよい娘だ。

亡くなった娘の悲しみを、あの孫が十分に癒《いや》してくれそうだった。

八

厠《かわや》を出て、部屋の敷居をまたごうとしたとき、着流しに巻羽織の侍が土間に立っていた。伊太郎は茶簞笥《ちゃだんす》の陰から、その男の顔を見て、あっけにとられていた。

佐兵衛は、青柳さまと呼んでいた。

その侍が引き上げたあとで、伊太郎は茶簞笥の陰から出て行って、

「おやじさん。今のお方はどなたで？」

と、きいた。

「あのお方は、南町奉行所の与力で、青柳剣一郎さまと仰る。頬の青痣から、青痣与力と呼ばれて、町の衆も絶対の信頼を置いている御方だ」

「青痣与力……」

たちまち、きのうの高輪の大木戸でのことが蘇る。

掏摸騒ぎがあり、沼津の旅籠で同宿し、箱根の関所前でもいっしょになり、ほとんど道中をいっしょしてきた侍が、掏摸をこらしめた。

その掏摸は、その侍を見て、「あなたは」と言い、あわてて逃げ出した。そして、

野次馬から、「青痣与力だ」という声がかかったのだ。

青痣与力。何のことかわからなかった。

ただ、あの男の頬に痣があったのは覚えている。

「そうか。青痣与力か」

伊太郎は覚えず含み笑いをした。

「おやじさん。ちょっと出かけて来る」

伊太郎は雪駄《せった》を履いて、外に飛び出した。

こいつは使えると、伊太郎は足が急《せ》いた。

きのうの夜、あの侍を須田町で見かけた。気になって、あとをつけると、小柳町にある剣術道場に入って行ったのだ。

伊太郎は、その道場にやって来た。

門は閉まっている。脇の潜り戸から中に入った。だが、ひとがいるようには思えなかった。

念のために、奥に向かって声をかけた。やはり、返事はない。

あの侍はもうここにいないのかと、ふと不安になり、伊太郎は板敷きの間に上がった。中は家財道具はいっさいなかった。

道場を畳んで、道場主の家族は出て行ったのだ。そう思った。

ふと、部屋の隅に、見覚えの風呂敷包があった。あの侍が持っていたものだ。

あの侍は空き家になったこの道場で寝泊まりをしているようだ。また、ここに帰って来る。そう思うと、安心して、伊太郎は道場を出た。

伊太郎はそのまま足を神田川のほうに向け、柳原《やなぎわら》通りを両国広小路《りょうごくひろこうじ》に向かった。

広小路は朝の内に立っていた青物市が終わり、小芝居、見世物小屋、茶屋などの店を開くために菰《こも》張りの小屋掛けをこしらえていた。

伊太郎は両国橋を渡る。大川の風が気持ちよい。なんと懐かしい風だと思いながら、両国橋を十年振りに渡って行った。

十年前、深川の岡場所で、土地の地回りと喧嘩《けんか》になり、ふたりに大怪我《けが》を負わせ、江戸にいられなくなって、つきあっていたおとよを連れて江戸を出奔《しゅっぽん》し、東海道を下ったのだ。箱根の関所の手形はなかったが、旅芸人の一座に紛れ込み、おとよは三味線が弾けたので、端唄《はうた》を唄うと、関所役人はあっさり通してくれた。

途中、お伊勢参りの一行と道連れになり、伊勢に足を向け、古市に住まいを構えるようになったのだ。

両国橋を渡り、竪川《たてかわ》のほうに折れ、一《ひと》ツ目《め》之橋の近くに来たとき、向こうからふたり連れの地回りらしき男がやって来た。昼間から呑んでいるらしく、でかい声で何か言っている。

すれ違うとき、ひとりの男がよろけて、伊太郎とぶつかりそうになった。

「あぶねえじゃねえか」

その男が怒鳴《どな》った。髭《ひげ》の剃り跡が青々としている男だ。

「おい、謝らねえか」

もうひとりが、伊太郎の腕を摑《つか》んだ。

伊太郎はその手を振り払い、

「俺に何か用かえ」

と、静かな声でふたりの男を見据えた。

「どっちが悪いのだ？　おい、おふたりさんよ」

伊太郎がぐっと睨《にら》みつけると、ふたりは竦《すく》み上がった。

「いや、なんでもねえ。こっちの勘違いだ。すまねえ」

「そうかえ。これから相手をよく見てものを言うんだ。じゃねえと……」

わざと、あとの言葉を濁した。

「わかったぜ、兄き」

ふたりはいきなり逃げ出した。

通行人が集まり出したので、伊太郎もすぐに足早に去った。

伊太郎は二ツ目之橋を渡り、彌勒《みろく》寺の前を過ぎた。彌勒寺橋を渡ると、すぐ堀沿いを左に折れた。この一帯は北森下町《きたもりした》である。

寺の屋根が見える手前に大きな二階家があり、伊太郎はその家に入って行った。

「兄き」

丸顔の助八《すけはち》が出て来た。

「ごくろうだったな。なかなか、いい所だ」

すぐ後ろが寺の裏手。武家屋敷の裏でもあるので、民家は少ない。恰好《かっこう》の隠れ家だ。

なんでも、以前は娼家として使っていたが、何年か前におとり潰しに遭った家で、その後はそのままに放置されていたのだという。

「で、親分はいつ江戸にお着きになるんで」

「あと二、三日だ。遅くとも、あと五日のうちには着くはずだ」

古市を発ったのは、伊太郎のほうが早かった。

「助八。おめえのおかげで、おみつを預けることが出来たぜ」

助八は二ヶ月前に江戸に来て、佐兵衛夫婦の消息を調べ、古市まで文で知らせてくれたのだ。もっとも、佐兵衛は昔いた家にずっと住んでいたのだが……。

おとよと出会ったのは、神田祭の宵《よい》だった。それから、しょっちゅうあの家まで、おとよを誘い出しに行ったのだ。

「兄き。いい酒があるんだ」

そう言い、助八は徳利と湯呑みを持って来た。

湯呑みに口をつけてから、伊太郎はきいた。

「目星はつけたか」

「とりあえず、十軒ほど」

そう言い、助八は懐から四つ折りの紙を出した。

伊太郎はその書き物を広げた。

池之端仲町《いけのはたなかまち》の小間物商『中田屋《なかた》』、浅草田原町《たわら》の足袋屋《たび》『橘屋《たちばな》』、芝愛宕下《しばあたごした》の太物《ふともの》商『結城屋《ゆうき》』など、中ぐらいの規模の商家の場所と名前が記されていた。

「いずれも五、六百両は手に入る商家だ。もちろん、俺だったら、あっさり塀を乗り越えられる」

助八は軽業師上がりだった。押込みの際には、いつも助八が縄を使って塀を乗り越え、裏口の錠を外して中に侵入していた。

「助八。もっと、大きな商家を選べ」

「いや、無理だ。大きなところは、たいがい忍び返しがついた高い塀で囲まれている。そこを乗り越えるのはちょっと無理だ。それに、戸締りも厳重だ」

「おめえ、青痣与力を知っているか」

助八の言葉を制して、伊太郎は口許に笑みを浮かべた。

「青痣与力ですって。兄きは、どうして知っているんだ。青痣与力は凄腕の男だっていう評判だ。ほんとうは風烈廻り与力だが、大きな事件になると、乗り出してきて定町廻り同心に手を貸すってことだ」

「詳しいな」

「髪結いや湯屋なんかで、何度か青痣与力の噂《うわさ》を聞いたことがあるんだ。町を歩いていて、実際に会ったこともあるぜ。頬に青痣がある」

「そうか」

伊太郎はにやりと笑った。

「なんだ、兄き」

「いや。おめえに頼みがある」

「なんですね」

「青痣与力の面倒を見てもらいたい」

「えっ?」

助八は目を丸くした。

「じつは、こういうわけだ」

伊太郎は、頬に青痣のある浪人の話をし、

「今、その浪人は、神田小柳町の潰れた道場にいる。その浪人をここに連れて来る」

「その浪人を青痣与力に仕立てて、戸を開けさせようっていうのか」

「そういうことだ」

「そいつはいい。それなら、もっと豪商の屋敷に忍び込める。でも、その浪人、素直に仲間になりやすか」

「食いっぱぐれ浪人がたくさんいる江戸で、生きていくのは簡単じゃねえ。そのことにすぐ気づくだろう。気づかなきゃ、教えてやればいい」

そう言って、伊太郎は酒を呑み干した。

十年前、おとよと共に伊勢まで行った伊太郎だが、右も左もわからぬ土地で途方にくれていたとき、手を差し伸べてくれたのが、小間物屋の駒蔵《こまぞう》という男だった。その男の世話で、その店で働くようになったのだが、じつはその駒蔵は、小間物屋というのは世を忍ぶ仮の姿で、伊勢の駒蔵という名の、街道筋を荒し回っていた盗賊の頭だった。

伊勢の駒蔵はもともと江戸の人間で、江戸では錠前殺しの富蔵《とみぞう》と名乗っていたという。

四半刻（三十分）後、伊太郎は助八を伴い、隠れ家を出て、再び両国橋を渡って、小柳町へとやって来た。

「そうか、ここは、確か道場主が半年ほど前に死んで、門弟も去り、すっかり廃《すた》れてしまった道場ですぜ」

この二ヶ月間、江戸の町中を歩き回っていた助八は、よく知っていた。

「なるほど。あの浪人は亡くなっていることも知らずに、この道場を訪ねて来たのかもしれねえな」

伊太郎は、浪人が潰れた道場にいるわけを呑み込んで言う。

脇の潜り戸から中に入る。

「ごめんください」

伊太郎は声をかけた。

返事がない。

「まだ、戻っていないのか」

伊太郎と助八は部屋に上がってみた。

さっき、荷物の置いてあった部屋に行くと、侍が畳の上に寝ていた。

「お侍さん、いらしたんですかえ」

伊太郎は声をかけた。寝そべったまま顔を向けたが、声はない。

「おや、どうなすった？」

伊太郎は駆け寄った。

「こりゃ、ひどい熱だ。おい、助八、医者を呼んで来い」

「へい」

「いや。だいじょうぶだ。明日にはここを出なければならぬのだ」

浪人は起き上がった。

高熱のためか顔が赤い。いかにも辛《つら》そうだ。伊太郎にとっても大事な男だ。

「お侍さん。私どもの住まいに、どうかお移りなさいませんか。そこなら、誰はばかることなく休めます」

伊太郎は助八に、駕籠《かご》だ、と言った。

駕籠がやって来て、伊太郎は助八とふたりで浪人に肩を貸し、駕籠に乗せた。

「北森下町までやってくれ。病人だ。静かにな」

助八が駕籠かきに言う。

「じゃあ、兄き。あとはあっしひとりでいい」

「だいじょうぶか」

「もし、向こうで部屋に入れるのに苦労したら、この駕籠屋さんに手を貸してもらおう。酒手《さかて》を弾むから、頼んだぜ、駕籠屋さん」

「へい、それはもう」

酒手を弾むと聞いて、駕籠かきは張り切った。

駕籠を見送ってから、伊太郎は佐兵衛の家に戻った。


翌日、伊太郎は旅支度をしてから、おみつの傍に行き、

「いいか。おまえはもうここの家の子だ。俺のことは忘れ、いい子になって暮らせ」

と、因果を含めるように言った。

「はい」

おみつは聞き分けよく頷いたが、目にうっすら涙を浮かべている。

おつねがそっとおみつの背中を抱きしめた。

「じゃあ、おみつのことはくれぐれもよろしくお頼みしやす」

伊太郎は改めて、佐兵衛に挨拶をする。

「ほんとうに、もう行ってしまわれるのですか」

佐兵衛が心細そうにきく。

「へえ。仕事も待っておりますので」

「伊太郎さん。おとよは仕合せだったのでしょうか」

おつねが窺《うかが》うようにしてきいた。

「おみつの顔を見てみれば、わかると思いますぜ。母親が不幸だったら、こんないい娘に育たなかったでしょうよ」

そう言い、伊太郎はおみつを見た。目元など、おとよにそっくりだ。

伊太郎はふと表情を曇らせ、

「ただ、おとっつあん、おっかさんには、すまないといつも言ってましたぜ。死ぬ間際、おみつをおとっつあん、おっかさんに預けてくれと言い遺《のこ》したのも、おふたりが恋しかったんでしょう」

しかし、おとよが仕合せだったかどうか、伊太郎にはわからない。

いつしか、伊太郎は伊勢の駒蔵の配下になり、西は京、大坂、東は浜松、掛川《かけがわ》と、街道筋を荒らし、近在の村の富豪の屋敷を襲うという暮らしをしてきた。

伊太郎が古市の家にいたのは、盗みと盗みの間だけで、年に数ヶ月程度。年の半分以上は家を空けていたのだ。

「そうですか」

佐兵衛は目を細めた。

「あっしも、おふたりからおとよを奪った罪滅ぼしに、おとよの代わりにおみつをお返ししたいと思ったんですよ」

「きっと、おみつは私どもの手で立派に育ててみせます」

佐兵衛は頼もしく言う。

「頼みましたぜ。それが、おとよにとってもなによりの供養」

おみつが、伊太郎の傍にやって来た。

俺はいつか三尺高い所に首を晒《さら》すことになるだろう。おみつのためにも、これでよかったのだ。

「おみつ。それじゃ、俺は行くから。達者でな」

おみつの体から離れ、

「じゃあ、心が残るといけませんので、これで」

伊太郎は道中差しを腰に帯び、逃げるように佐兵衛の家を飛び出した。

子どもには未練がなかったはずなのに、いざ手放すとなると、急におみつがいとおしくなった。

だが、それも、昌平橋を渡り、途中で足の向きを両国橋に向けたときには、畜生《ちくしよう》の伊太郎と異名をとる本来の自分に戻っていた。

第二章　押込み

一

各地で、萩《はぎ》が見頃であり、俗に萩寺と呼ばれている亀戸《かめいど》の龍眼寺《りゅうがんじ》や亀戸天満宮の境内《けいだい》など、かなりのひとで賑《にぎ》わっている。

非番のきょう、剣一郎は佐兵衛の家を訪ねていた。

佐兵衛の家の小さな庭にも萩が咲いていた。穏やかな陽射しに、静かな時間が流れている。

「おみつの父親は？」

一度も見かけていない父親のことを、剣一郎は訊《たず》ねた。

「古市に帰りました」

佐兵衛はどこかほっとしたような口調で言った。

「もう帰ったのか」

「はい。仕事が待っているとのことでした」

「そうか。とうとう、会えず仕舞いだったな」

「伊太郎はやはりやくざな暮らしをしているようです。おみつにとっては、好ましくありません。ただ、伊太郎にも、子どもへの愛情はあるようでした」

子どもを女房の両親に預け、ひとりで伊勢まで帰る父親の気持ちを思うと、剣一郎は切なくなった。

「青柳さまはお子さまは？」

「十七歳の伜《せがれ》と十五歳の娘のふたりがいるのだが」

「それは、お楽しみのことで」

「いや。それが伜は家を飛び出したのだ」

「えっ」

「こちらの娘さんと同じように駆け落ちをしてしまってな」

剣一郎はその経緯《いきさつ》を語った。

不思議なことに、佐兵衛にはなんでも喋《しゃべ》れる。佐兵衛はどんなことでも大きく構えて受け止めてくれそうな気がするのだ。

この佐兵衛は過去に大きな過ちを犯《おか》したかどうかわからないが、深い苦しみを乗り越えて、老僧のようにある悟りを開き、人生を達観した生き方をしているのではないか。

ある意味、ひとの醜《みにく》さを知り、人生のどん底を覗《のぞ》いてきた。その体験が今の佐兵衛の器の大きさになっているような気がする。

もちろん、佐兵衛の過去など関係ない。そこを詮索《せんさく》する気は毛頭なかった。

「そうですか。しかし、若さというのがうらやましくなるお話ですな。それも、陰で青柳さまのような父親が支えているからこそ、行く末も心配いりますまい。その点、私の娘の場合は……」

佐兵衛は辛そうに言葉を濁した。

「しかし、おみつという可愛い孫に姿を変えて戻って来たのではないか。おみつはすぐに、ふたりに懐《なつ》いた様子。これも、娘御が常日頃から、ふたりのことを語って聞かせていたからであろう」

「そう言っていただくと、とても救われたような気がいたします」

「ああ、いい風だ」

仲秋《ちゅうしゅう》の風が障子を開け放した部屋に入ってくる。

「味気なかった私どもの暮らしに、大きな生き甲斐《がい》を得た思いがいたします。おつねも、私も若返ったような気がします」

「それはよかった」

そうだと、剣一郎は気づいた。佐兵衛と語り合っていて、心地よいのは、人生の喜びのようなものを語り合えるからだ。

何事にも感謝をする。そういう姿勢を、剣一郎は見習いたいと思うのだ。

物音がして、裏口からおつねとおみつが帰って来た。

「青柳さま、いらっしゃいませ」

「邪魔しておる」

「おじさま、いらっしゃい」

「おう、おみつか」

剣一郎は目を細めた。遠く伊勢の古市から旅をしてきた七歳の女の子がいじらしく思える。

「どこへ行って来たのだな」

「土手に、おばあさまと散歩です」

「そうか」

「今度は、おじいさまとおばあさまと三人で、萩を見に行きます」

「それはいい。今、萩は見頃だ」

そう言えば、きょうは娘のるいが、お琴の仲間と萩寺に行っているはず。そのことを言おうとしたが、おみつがじっと剣一郎の頬を見つめ、

「おじさま」

と、呼びかけてきた。

「なんだな」

「それはどうなさったのでございますか」

頬の青痣のことだと思った。

「これか」

剣一郎は苦笑して頬に手を当てた。

「これ、おみつ。そのようなことをおききしてはなりませぬ」

あわてて、おつねがたしなめる。

「いや、いいのだ。おみつ。この痣はな、二十年ぐらい前、悪い奴を捕まえようとして受けた傷跡だ」

「まあ、怖《こわ》い」

おみつは、おつねの腕にしがみついた。

捨て鐘に続いて、時の鐘が七つ（午後四時）を告げはじめた。

「これはいけない。また、長居をしてしまった」

剣一郎はあわてて言う。

「いえ、私どものほうはまだだいじょうぶです」

「いや、このままだと、帰りそびれてしまう」

剣一郎は刀を持って立ち上がった。

「おみつ。また、寄せてもらうよ」

見送りに出て来たおみつに、剣一郎は声をかける。

「また、来てください」

おみつは恥ずかしそうに、おつねの背中に隠れながら愛らしい目を向けて言う。

ちょっと前までは、娘のるいもこのような感じだったのだと、口許を綻《ほころ》ばせる。

「では、邪魔をした」

剣一郎は辞去したが、佐兵衛がそこまで見送りがてらついて来た。

「青柳さま。先程はおみつが失礼なことをお訊ねして申し訳ありませぬ」

「いや、そんなことはない。押込み事件が起こり、その捕縛のときに受けた傷跡だと
いうことは間違いないからな。たしかに、複数の押込みの浪人たちのところに、私は

単身で乗り込んだ。周囲は、私の勇気を讃《たた》えてくれたのだが、実際は違うのだ。あの頃の私は、あることで自暴自棄《じぼうじき》になっていた。ある意味では、捨て鉢な気持ちがあったから、あのような無謀な真似《まね》が出来たのだ。決して、勇気があったわけではないのだ」

剣一郎は自嘲《じちょう》気味に言う。

「もし、いやでなかったら、今度は自暴自棄になっていた事情をお聞かせ願えたらありがたいのですが」

「ええ、聞いてもらおう」

このことは誰にも話したことがなかったが、佐兵衛には聞いてもらいたいと思った。

「佐兵衛。もう、ここで」

「それでは、ここで失礼いたします。ぜひ、またお待ち申し上げております」

佐兵衛は膝に手を置き、ていねいに一礼した。

途中で振り返ると、佐兵衛はまだ律儀《りちぎ》に見送っていたが、改めて辞儀をし、踵《きびす》を返した。今度は佐兵衛が去って行くのを、しばらく見ていたが、佐兵衛が横町を曲がったのを確かめてから、剣一郎も踵を返した。

だが、すぐに瞼《まぶた》の裏にある残像が焼きついていて、剣一郎はあわてて振り返った。若い武士が佐兵衛のあとを追うように路地に消えた。遠くて、はっきりとは断言できないが、いつぞや見かけた、ほっそりとした色白の侍だったような気がした。

もし、そうだとすると、あの侍はこんな場所で何をしているのだ。きょうで四度目だ。そういえば、あの侍を見かけたのは四度とも、この周辺だ。

なぜ、その侍が印象に残っていたかというと、あの何かを求めるような鋭い目だ。脇目もふらず、どこか痛々しい感じもする。

しかし、剣一郎にはそれ以上、気にかける理由はなかった。

昌平橋を渡り、須田町に差しかかった時分には、思い過ごしかもしれないと思うようになっていた。

大八車が大きな荷を積んで行く。大道芸人や商家の内儀《おかみ》さん、職人体《てい》の男、旅装姿の武士など、いろいろなひとが道を行き来している。

梨売りや柿売りの行商が行き、薬箱を背負った供の者を従えた町医者が往診に行く。その医者を見てふと胸がざわついた。医者から新見紋三郎を連想したのだ。

女の頼みを聞き入れて、新見紋三郎に止《とど》めを刺さなかったことは、剣一郎の不覚だった。そのことが今になって、剣一郎を苦しめるのだ。

夕方に、剣一郎は屋敷に戻った。

迎えに出た多恵に、刀を渡し、剣一郎は奥の部屋に向かう。

「るいはまだか」

「はい。まだでございます」

琴の仲間数名と、亀戸の萩寺に行って、まだ帰っていないようだった。

「明日、久野《ひさの》さまにお会いすることになっております」

「久野？」

「岡部さまの奥さまです」

「そうか。まあ、なにぶん頼む」

「ええ」

普段着に着替え、帯を締める。

多恵は剣一郎が脱いだ外出着を衣紋《えもん》掛けにかけた。

そこに、内玄関から賑やかな声が聞こえた。

「るいが帰って来たようだな」

そう言い、剣一郎が待っていると、るいがやって来た。

「父上、お帰りでしたか」

「どうであったか、萩は？」

「はい。もう見事なものでございました。境内はそれほど広くはありませんが、すべて萩で埋めつくされているんです。父上も母上とごいっしょに一度、行かれたらいかがですか」

るいは明るく言い、自分の部屋に向かった。

ほんとうに、琴の仲間と行ったのか。男がいっしょではなかったのかと、剣一郎は心を乱す。

かといって、そのことを口に出してきけないのだ。

「ご心配ですか」

剣一郎の心を読んだように、多恵が笑いかけた。

「なに、別に……」

剣一郎は動揺を悟られないように、濡縁に出た。

夕餉《ゆうげ》の膳《ぜん》についた。剣之助の陰膳に目をやった。

ふと、多恵とるいの目が自分に向けられていたので、剣一郎はあわてて、

「萩は秋葉《あきば》神社境内の池の周辺も素晴らしいと聞いているが」

と、話題を萩に移した。

「はい。そこにも寄りました。池の水に萩が映って……」

「じつは、若い頃、わしも母上といっしょに萩寺に行ったことがあるのだ」

「まあ、どうでしたの」

るいが目を輝かせ、多恵を見た。

「ええ、お嫁に来る前ですけど」

「そうだった。池の周辺に紅紫色の萩が咲いていて、それはきれいだったが、ひとが多くて、落ち着いた風情を楽しむことは出来なかった」

剣一郎は当時を懐かしく思い出した。

夕餉のあと、剣一郎は庭に出た。ひんやりとした空気に触れ、北国の冬の寒さに思いを馳せた。

二

いろいろな夢を見た。夢の中の景色は赤穂だったり、駿府だったり、あるいは東海道だったりした。

だが、いつも玉枝が出て来て、市之進を惑わし、去って行く。

うなされて、ふと目を覚ますと、ひとの顔があった。まだ、頭がぼんやりしている。

「気がつかれましたかえ」

男の声がした。松右衛門ではない。もっと若い男だ。では、ここは駿府ではないのか。

「ここは？」

驚いて起き上がろうとした。

「そのまま、そのまま。あっしの仲間の家です。遠慮いりませんぜ」

「そなたは？」

頭が重く、市之進はぐったりしていた。

「あっしは伊太郎って言いやす。ほれ、道中で何度かお会いし、神田須田町でもお目にかかった……」

細面の鋭い顔つきの男だ。渋い顔立ちだが、氷のような冷たい目をしている。何度か見かけたことのある、子どもを連れた男だと、市之進は思った。

「確か、菅沼さまとおっしゃいましたね」

「どうして、わしの名を？」

「へえ、ちょっと調べさせていただきました」

なぜだときこうとしたが、頭が重く、口をきくのもおっくうだった。なぜ、自分がここにいるのか、考える力も失せていた。

夢現《ゆめうつつ》に男が部屋を出て行くのを感じ取っていた。


数日間、熱にうかされていたが、菅沼市之進はようやく床から離れることが出来た。体調も回復して来て、その日の午後、市之進は久方ぶりに外に出た。

出掛けに助八が編笠をかぶるように言った。なぜ、顔を隠さねばならないのか、深く詮索することなく、市之進は素直に編笠をかぶっていた。

彌勒寺橋を渡り、両国橋の袂にやって来た。

因果《いんが》娘や蛇娘、幽霊など、それに軽業やいかがわしい娘などの見世物小屋が立ち並び、独楽《こま》廻し、居合抜きの大道芸人が出ていた。

「旦那、どうです？　見ていきませんか」

客引きが市之進に呼びかける。

無視して、先を急ぐ。両国橋を往来するひとは多く、病み上がりの体では、ひとを避けて通るのに骨が折れた。

長い橋を渡ると、広小路で芝居小屋が幾つか建ち、軽業、女義太夫などの掛け小屋、それに茶屋や団子屋など、賑わいはそうとうなものだ。

助八からだいたいの江戸の道を聞いてきており、市之進は郡代屋敷を目指していた。そこから柳原通りになると聞いて来た。

郡代屋敷を左手に見、柳原通りに入った。土手下に葦簾《よしず》張りの古着屋や古道具屋が並んでいるのを目の端に入れて、市之進は途中、助八から教わったとおり、武家屋敷の手前の道を左に曲がり、そして、その塀が切れてから右に曲がった。

そのまま、まっすぐ行くと、やがて小柳町にやって来た。

市之進は荒巻源助道場の前に立った。しかし、もう他人の手に渡っている。新しく、ここに道場を開いたのは関口《せきぐち》流の柔術者であった。

武者窓から覗くと、ふたりが組み合って投げ合いの稽古をしている。

おそらく、場末に構えていた道場が、ちょうどいい具合に廃《すた》れた道場があったのを見つけ、これ幸いと、大金を叩《はた》いて手に入れた。そんなところか。

ここは場所がいいので、かなり町人が習いにくることだろう。しかし、柔術は自分には関係ないと、市之進は落胆のため息とともに、武者窓の下から離れた。

そこから、ぶらぶら気ままに歩きながら辿り着いたは鎌倉河岸《かまくらがし》。途中で、引き返そうとしたとき、前方にある一膳飯屋から痩《や》せた浪人がよろけるように外に出て来た。続いて店から若い者が三人、飛び出して来た。手にこん棒を持ち、腕まくりをして、浪人に怒鳴っている。

「ただ食いとはとんでもねえやろうだ」

その声が市之進の耳に飛び込んだ。

「ただ食いではない。あとで必ず払う」

無精髭《ぶしょうひげ》を生やした浪人の声は弱々しい。着ているものはすり切れ、所々に綻《ほころ》びがある。

「何を言いやがる。あちこちでその手でただ食いをしているに違いねえ。おい、自身番に届けろ」

「おう」

ひとりが駆けて行こうとするのを、浪人はその男の腕をとって引き止めた。

「待ってくれ。必ず、金は返す」

「なにしやんでえ。離せ、離しやがれ」

別の男が持っていたこん棒で、浪人の背中を殴りつけた。

こん棒がもろに当たり、浪人は顔をしかめた。

「無礼もの」

浪人は態勢を立て直し、刀の柄に手をかけて殴った男に立ち向かった。

「おっ、斬ろうって言うのか。おもしれえ。斬れるものならやってみろ。こちとら、この界隈《かいわい》じゃ名の知られた鳶《とび》の八吾郎《はちごろう》だ。さあ、やりやがれ」

若い男が威勢のいい啖呵《たんか》を切った。

いつの間にか、野次馬が取り囲んでいた。

浪人は刀の柄に手をかけたまま、固まってしまったように身動《みじろ》ぎもしない。

「なんだ、抜けねえのか」

「大方、竹光《たけみつ》だろうぜ」

浪人の体が細かく震えている。

市之進はたまらず飛び出した。

「待て。この者の代金、拙者《せっしゃ》が立て替えよう。いくらだ」

「お侍さま。この浪人はただ食いの常習なんだ。一度だったら大目に見てやってもいいが、あちこちでこう何度も繰り返されちゃ我慢にも限度がありやすからね」

八吾郎と名乗った若い男が腕まくりをする。

「これまでのぶんはどのくらいだ？」

市之進は若い男の言葉に構わず財布を取り出す。

「旦那。ほんとうに払っていただけるんですかえ」

若い男が半信半疑の体《てい》できいた。

「うむ。払う」

「いや、あちこちのぶんをあわせりゃ、一両近くになるかもしれねえ」

「よし、一両だそう。迷惑をかけた店に、おまえのほうから返しておいてくれ」

そう言い、市之進が一両を出した。

すると、別の男が、

「いや、そうはいかねえ。それに、お侍さん。仲裁に入るのに、なんですね、編笠をかぶったまま顔を見せねえとは。ちょっと、失礼じゃねえんですかえ」

と、男は笠の内の顔を下から覗き込んだ。あっと、男は叫び、あとずさった。

市之進が編笠の緒をほどこうと、心持ち顔を上げたとき、他の男も、あわてた。

「旦那。結構でございます」

そう叫んだ。

「青痣の旦那。お待ちください。笠をとらずとも結構でございます」

市之進は笠の緒から手を外した。

「構わぬのか」

「へ、へい」

なぜ、男があわてたのかわからない。

「では、一両を受け取れ」

「よろしいので」

「構わん」

市之進は男に一両を渡し、傍らで突っ立っている浪人に、

「ついてきなされ」

と、先に立った。

ともかく、少しでも遠くに行ったほうがいいと思ったので、市之進はとっとと歩く。

遅れながら、浪人はとぼとぼついて来た。

しばらく行ったところで、浪人がぼそりと言った。

「面目ない」

気がつくと、須田町から小柳町辺りに来ていた。無意識のうちに知った町並みのほ

うに歩いて来たようだ。

「ともかく、どこかに落ち着きましょう」

市之進は居酒屋を見つけ、縄暖簾《なわのれん》をくぐった。

まだ口開けで、客は他にいなかった。

「亭主。酒を頼む。つまみは適当に、三品ばかり出してくれ」

樽椅子《たるいす》に腰を下ろし、卓をはさんで、無精髭の浪人と差し向かいになった。

「拙者は小山甚五郎《こやまじんごろう》と申す」

無精髭で老けて見えるが、三十前後と思えた。

「私は菅沼市之進」

名乗り終えたところに、酒が運ばれて来た。

そこに、数人の客が入って来た。職人体の半纏《はんてん》姿の三人連れだ。続いて、ふたりの商人ふうの男が入って来て、店は急に活気づいた。

適当な喧騒《けんそう》は話をするのにちょうどいい。

「小山さんは、いまどこに住んでいるのですか」

市之進はきいた。

「岩本町《いわもとちょう》にある長者《ちょうじゃ》長屋です」

「長者長屋とは、ずいぶん贅沢そうな長屋ではないか」

小山甚五郎の空いた猪口《ちょこ》に酒を注いでやる。

「とんでもない。その逆です。夏は蚊が多く、ナメクジも出るという貧乏長屋です。今にも潰れそうな長屋です。これ以上のおんぼろ長屋はないかもしれない」

小山甚五郎は自嘲ぎみに言う。

「どうして、小山さんは今のような境遇になられたのですか」

市之進の知りたいのはそのことだった。

「拙者は南部《なんぶ》藩におりました。若き藩主が急死し、その相続を巡るいざこざに巻き込まれ、藩を出奔《しゅっぽん》せざるを得なくなったのです。帰参がかなうという約束も、反故《ほご》同然。江戸藩邸も、手を差し伸べてくれない。口入れ屋から用心棒や力仕事などの口を紹介してもらい、なんとか糊口《ここう》を凌《しの》いできました。ところが、体を壊して……」

「そうですか」

小山甚五郎の話が身に染みた。

「情けないことに、武士の魂も質入れしました」

小山甚五郎は刀に目をやった。

「やはり中身は?」

「竹光です。お笑いください。竹光ではいざというとき何の役にも立たない。用心棒の仕事があっても受けられない。それより、切腹とて、出来ない」

小山甚五郎は自嘲ぎみに笑った。

また客がやって来て、店はほぼいっぱいになって来た。

「小山さん。ここに一両ある。これをお貸しいたそう」

「菅沼どの」

「武士は相身互《あいみたが》い。遠慮なさるな。あげるのではない。お貸しするのだ。お金は出来たときに返してもらえればよい」

「よいのですか」

「ええ。私も浪人の身ですが、今はなんとかなります」

この金は、府中の松右衛門からもらったもの。人助けに使うのなら、松右衛門も許してくれるであろう。

それに、どういう縁だか、いま市之進は助八と伊太郎というふたりの男の世話を受けている。

この先はわからないが、当面は食うには困らないのだ。

「ありがたい。このとおりです」

小山甚五郎は拝んで一両を手にした。

「そろそろ行きますか」

市之進は亭主を呼んで勘定を支払った。

外に出ると、すっかり暗くなっていた。

「菅沼氏。このご恩は忘れませぬ。このとおり」

小山甚五郎は深々と腰を折った。

「やめてくだされ。また、いつかお会いしましょう。もし、何かお困りのことがあれば、北森下町に住んでおります。そこに訪ねて来てください」

「何から何まで」

小山甚五郎は目尻を拭った。

その姿が痛ましかった。

「では、失礼する」

市之進は歩き出した。途中、振り返ると、小山甚五郎はまだ頭を下げていた。

市之進が北森下町の助八の家に帰ると、伊太郎が待っていた。

「これは伊太郎どの」

「市之進さん。どこへ行って来たのですね」

咎《とが》め立てするような目で、伊太郎がきいた。

「荒巻道場の跡を見てきた。今は柔術の道場になっていた。それから、鎌倉河岸で浪人を助けた。ただ食いだ」

「浪人ですか」

伊太郎が不敵な笑みを見せた。

「市之進さん。もう、江戸は侍だと威張っている時代じゃねえ。ましてや、浪人が食っていくのは難しい。そう思いませんでしたかえ」

「確かに、そなたの言うとおりだ」

小山甚五郎の姿が自分の将来の姿と重なった。だから、市之進はお節介を焼いたのだ。

「おそらく、その浪人さんも仕官の道を探っていたか、あるいは帰参が叶うのを待っていたってところじゃないですかえ」

「そのとおりだ」

「ねえ、市之進さん」

伊太郎が身を乗り出した。

「もう二本差しで生きていく時代じゃありませんぜ。仕官したって、僅かな扶持《ふち》しかもらえず、暮らしに困窮するだけですぜ」

反発したかったが、市之進は言葉にできなかった。伊太郎の言うことを否定する材料は何一つなかった。

「それより、どうですかえ。あっしらに手を貸してくれませんかえ」

この連中がよからぬことを企んでいるとは気づいている。盗人の類《たぐい》に違いないと睨《にら》んでいた。

「とりあえず、金を稼ぐことですよ。金さえあれば、なんでも出来る。あの道場だってそうだ。金さえあれば、あの道場を市之進さんが買って、自分で道場を開けばいい。そうじゃないですかえ」

「自分で道場を？」

「そうですよ。自分で新しい流派を立てて、門弟を集めて道場をやるんですよ。そのほうが、仕官して窮屈な暮らしをするより、よっぽど人間的だと思いませんかえ」

自分が道場主になる。市之進には思いもつかなかった発想だった。

伊太郎の話はずいぶんと魅力的で市之進を刺激した。

「そのためにも今のうちに金をたくさん稼いでおくんです。明日、親分がやっと江戸に着く。いいですね。市之進さん。あなたさえいてくれれば、あっしらの仕事は半分は成功したようなものなんですよ」

伊太郎は熱心にかきくどくのだった。

江戸にて寄る辺なき身に、唯一の頼りが伊太郎と助八だった。市之進は苦渋に満ちた顔で、行く末を考えていた。

三

その夜、夕餉をとり終えたあと、剣一郎はずっと部屋に閉じ籠もり、脇息《きょうそく》に両肘をついて考え事をしていた。

珍しいことで、ときおり、ため息をついていたが、剣一郎は自分では気づかなかった。

昼間、宇野清左衛門から言われたことで思い悩んでいるのだ。

「じつは、日本橋の『和田屋《わだや》』の主人絹右衛門《きぬえもん》から、岡部忠太郎は吉原《よしわら》の橘《たちばな》という遊女を五百両で身請けしたが、与力はそんなに金を持っているのかという訴えが、長谷川《はせがわ》どのにあったらしい」

「長谷川さまに？」

長谷川四郎兵衛《しろべえ》は内与力である。お奉行の腹心ということで、お奉行の威《い》を借りて、尊大に振る舞っている男だ。

ことに、剣一郎に対しては含むところがあるらしく、常に敵対心を剝《む》き出しにしている男だ。

「長谷川どのは、もし御目付に目をつけられたら、奉行所全体の問題になると騒いでおられるのだ」

奉行所には各藩や商家から付届け、さらに町々からも付届けがある。付届けは奉行所に対してだけではない。与力や同心にも個人的にある。

付届けをするほうは、ことが起きたときに穏便に済ませてもらおうとする目的があってのことだ。

剣一郎も決していいことではないと思っているが、仕事を円滑《えんかつ》に進めるための役を果たすという意味もある。

問題はその額だ。その付届けの額が多いとなると、それは問題であり、また、与力・同心のほうから要求することはもっての他だ。

「長谷川どのは、ことが大きくなる前に、岡部忠太郎をやめさせるべきではないかと言っているのだ。隠居させるか、どこか別の組に配置替えをさせよと」

　長谷川四郎兵衛は今のお奉行が退任すれば、いっしょにやめていく人間だ。今のお奉行が在任中に何事も起こらなければいいと思っているだけだ。だから、自分たちの身を守るためだったら、与力をひとりくらいやめさせることは平気なのだ。

「へたに岡部忠太郎を追い込んだら、逆にあることないことを御目付に言いつけられるかもしれないと、長谷川どのを抑えているが、いつまでもというわけにいかない」

　宇野清左衛門は頭を抱えるように言ったのだ。

「もうしばらく時間をください。なんとか、岡部さまを説得してみせます」

　そう言って退出したものの、剣一郎にうまい考えがあるわけではなかった。

　なにしろ、先日の話し合いでも、岡部忠太郎はかなり依怙地《いこじ》になっているようなのだ。そして、その贅沢な暮らしに妻女もどっぷり浸かっているとなると、ことはさらに面倒だと気鬱《きうつ》になった。

　そういえば、多恵はきょうは岡部忠太郎の妻女と会って来たのだろうか。

「父上。よろしいですか」

　るいの声がした。

「うむ。入れ」

襖《ふすま》が開いて、るいが顔を出した。

「どうした？」

「夕餉のとき、父上の顔に屈託《くったく》がありました。何かございましたか」

「いや、なんでもないのだ。ちょっと仕事のことで気になったことがあってな。そうか。心配してくれていたのか」

剣一郎はるいが心配してくれたことがうれしくなった。

「なんでもなければよいのですが。何か、兄上のことで困ったことになったのではないかと……」

「るい。剣之助のことならだいじょうぶだ。剣之助はずいぶんとたくましくなった。もう、立派にひとり立ちした」

「そうですね。兄上はだいじょうぶですよね」

るいはにっこり笑った。

るいが出て行ったあと、剣一郎は厠《かわや》に立った。その帰りに、多恵の様子を窺《うかが》うと、多恵も自分の部屋で思案にくれているようだった。

声をかけようとしたが、そのまま剣一郎は自分の部屋に戻った。

四半刻（三十分）後に、多恵がようやくやって来た。普段と変わらぬ顔つきのように思えるし、どこか屈託があるようにも思えた。

「待っていた」

　剣一郎は正直に言った。

「申し訳ございません。少し、考えに迷っていたものですから」

　多恵にしては珍しいことだった。

「うむ。そなたも困るような話し合いだったのだな」

「久野さまのお気持ちもよくわかるので、どうしたらよいのかと」

　多恵は口調を改め、

「久野さまにお会いしたところからお話しいたします」

　と、膝に置いた手を重ねて言い出した。

「お会いしたとき、確かに、久野さまのお召し物、それに櫛、簪は相当に高価なものだと思いました。それで、私ははっきり申しました。あまりな贅沢は、周囲からやっかみをもって見られ、あらぬ疑いをもたれかねませぬと。しばらく、久野さまは苦しそうに俯《うつむ》いておられましたが、意を決したように顔を上げられました」

　多恵は微《かす》かにため息をついた。おそらく、久野の返事は意外なものだったのだろう。

「久野さまは、こう仰ったのです。それが目的ですと」

「なに、それが目的と？」

「はい。久野さまはわけを話してくださいました。岡部忠太郎さまは吉原の橋という遊女を身請けしたそうです」

「うむ。やはり、そのことは事実であったか。して、妾《めかけ》にするつもりか」

「はい。それも屋敷内に住まわせるとのこと。そのために、部屋を建て増ししているそうでございます」

「なんと。妾もいっしょに、だと」

剣一郎は俄《にわか》に信じられなかった。どちらかというと、岡部忠太郎は地味であり、女に対してはあまり執着しない質《たち》だと思っていたのだ。

「妾を住まわすことを認める代わりに、自分の部屋は妾よりきらびやかに、さらに庭も築山を設け、豪華なものにしてくださいと申し伝え、その上で、呉服屋や高級品を扱う小間物屋を屋敷に呼び、高価な櫛や簪を買い求めたとのこと」

「そのように散財すれば、身代はすぐに費《つい》えように。いや、それより、岡部さんは……」

商家や諸藩の御留守居役に付届けを催促するようになる。そうなったら、岡部忠太郎の身は破滅に向かう。

そう考えたとき、妻女の意図に気づいた。

「まさか、ご妻女どのは」

「その、まさかです。久野さまは岡部家を破滅させようとしているのです」

しばし、剣一郎は言葉を失った。

「なんということだ。そういえば、岡部さんのところには子はいなかったな」

やっと、剣一郎は口を開いた。

「はい。久野さまにしたら、もし妾に子が生まれれば、その子が岡部の家の跡を取る。そのことが許せないのでしょう」

「岡部さんは、ご妻女どののそんな気持ちをわかっておられるのだろうか。いや、わかっていたら、こんな真似はしまいな」

今はただ、機嫌を取り結ぼうと、妻女の言いなりになっているようだ。それだけ、橘という遊女に夢中なのだろう。

「これは、どう始末をつけたらよいか」

このままでは岡部家の破滅を待つだけだと、剣一郎は吐息を漏らした。

「なんとしてでも、屋敷に妾を置くことだけはやめさせなければなりませぬ」

多恵も強い口調で言った。

「それにしても、なぜ、妾を屋敷に……。妻女の気持ちももっともだ。やはり岡部さんが悪い。だが、女の虜《とりこ》になっている岡部さんが聞く耳を持ってくれるか」

「久野さまはお子の出来ないことの負い目もあり、覚悟のほどは大きいと思います」

「やはり、岡部さんに善処してもらうしかあるまいが、熱くなっている心をどう冷やしていくか」

「久野さまのお気持ちを岡部さまにお話しするのが一番だと思いますが」

「うむ。だが、そうなると、岡部さんは開き直って、久野さまを離縁すると言い出しかねない。女とは、恐ろしいものよ」

剣一郎は、年番方与力の蒲原与五郎《かんばらよごろう》のことを思い出した。蒲原与五郎は宇野清左衛門の次に位置する長老格の与力で、奉行所の者からも信頼を寄せられている人格者でもあった。その蒲原与五郎は、小網町《こあみ》の一軒家に妾を囲っていたのだ。

妾は料理茶屋の仲居をしていた女で、間夫《まぶ》がいたのだ。そのことから、蒲原与五郎は妾を殺す羽目になってしまった。

蒲原与五郎は女のために破滅していった。今また、岡部忠太郎も同じ道を歩もうとしているかのようだ。

「最悪の事態を回避するためにも、岡部さんに正面から話してみよう。女と別れることは出来なくとも、屋敷に入れることだけはやめてもらわないと」

「久野さまのお心は晴れないでしょうけど、女のひとを屋敷にいれないことを約束してもらえれば、久野さまもなんとかそれで折り合いをつけてくださるかもしれません」

多恵の言葉に頷き、さっそく明日にでも岡部忠太郎と対決だと、剣一郎はまたしても気が重くなった。


翌日、奉行所に出仕してから、頃合いをみて、市中取締諸色調掛りの部屋に顔を出すと、ちょうど、岡部忠太郎が商家の者数人との話し合いをしている最中で、目の前には幾つかの台帳を広げていた。

剣一郎の顔を見て、岡部忠太郎は気難しい顔になったが、すぐに立ち上がって近寄って来た。

「私に用か」

「はい。またあとで参ります。少し、お時間をいただきたいと思いまして」

「わかった。だが、ここではないほうがいい。外にしよう」

外というのは奉行所の外のことらしい。

「一石橋《いっこく》の北詰に『和助屋《わすけ》』というそば屋がある。半刻後、その二階の小座敷にしよう。亭主に、私の名前を言えば、上げてくれるはずだ」

「わかりました」

岡部忠太郎はもとの話し合いの場に戻って行った。

四半刻後に、見廻りに出る風烈廻りの礒島源太郎と只野平四郎と共に、剣一郎は着流しに巻羽織という姿で奉行所を出た。

途中、ふたりの同心と別れ、剣一郎は一石橋に向かった。

岡部忠太郎の顔つきには、剣一郎の忠告など物ともしない依怙地さが見られた。当然、剣一郎が何を言うのか予想はついているはずであり、岡部忠太郎は開き直っているのかもしれなかった。

そば屋の『和助屋』はすぐにわかった。

暖簾をくぐり、出て来た亭主に岡部忠太郎と二階で会うことになっていると告げると、すぐに二階に通してくれた。

まだ、岡部忠太郎は来ていなかった。

窓の外を覗《のぞ》くと、すぐそばに日本橋川が流れ、その対岸は伊勢商人や近江《おうみ》商人などの土蔵が並び、その前の桟橋に大きな荷を積んだ船が着いている。左手が日本橋だ。

四半刻ほど待って、岡部忠太郎がやって来た。

少し、疲れぎみの顔だ。家でも、心休まるときはないのであろう。

「亭主には、呼ぶまで顔を出さないようにと言ってある」

岡部忠太郎は睨むように剣一郎の顔を見た。

「きのうは、多恵どのまで煩《わずら》わしたようだの。しかし、青柳どの。これは我が岡部家のこと。よけいな口出しは控えていただきたい」

いきなり、岡部忠太郎は本題に入った。

「いえ。決して、岡部さんだけの問題ではありません。岡部さんは、奥さまとじっくりお話ししたことがおありでしょうか」

「よけいなこと」

「失礼ですが、岡部さんは、身請けした女しか目に入らず、他のことがまったく見えなくなっておいでです」

「無礼な」

岡部忠太郎は頰を震わせた。

「失礼を承知で言わせていただきます。岡部さんが妾を持とうとも、他の者には関係ありません。しかし、そのことによって、奥さまと不和になり、ひいては家庭を壊すようなことになりますと、岡部家にとっても一大事とあいなりまする」

「が、それは岡部家のこと。他の者が口出しすべきことでない」

「この前も申しましたように、贅沢な暮らしは、あらぬ疑いを招き、岡部さんだけのことに留まらず、奉行所全体に対して厳しい目が向けられるようになります」

「宇野さまが、奉行所を守るために、そなたに何とかせよと命じたのか」

岡部は蔑《さげす》みの目を向けた。

「違います。宇野さまは奉行所を守る以前に、岡部さんをお守りしようとしています」

剣一郎は岡部の強い視線を敢然と受け止める。

「ふん、何を言うか。宇野さまは、わしの暮らしに嫉妬をしているだけのことだろう」

「岡部さん」

ぜひもないと、剣一郎は膝を乗り出し、

「岡部さん。よくお聞きください。ある御方が、御目付に目をつけられる前に、岡部さんを組替えにするか、やめさせるべきだと主張しているそうです」

岡部忠太郎の顔が引きつった。

「宇野さまは、その前になんとかことを治めようとしているのです。岡部さん。聞けば、妾をお屋敷内に住まわせようとしていること。真《まこと》でございますか」

「真だ」

「奥さまのお気持ちをお考えになりましたか」

「考えた。だから、家内にも好きな贅沢をさせている。それだけのことだ」

「奥さまの贅沢、度が過ぎるとは思いませんか」

「それは、ある程度やむを得ん」

「罪滅ぼしですか」

「まあ、そうだ」

「奥さまは、好き好んで贅沢をしているのだと思いますか」

「まあ、わしへの反発もあろう。だが、それで、気が治まるものなら安いものだ」

「そのようなことではありませぬ」

「なに？」

「岡部さんに散財させ、そして金がなくなれば、岡部さまはいずれ付届けの額を増やさせたり、あるいは催促したり、そうしなければならなくなる。そのことを狙ってのこと。さすれば、岡部さんにいずれお咎《とが》めがくる」

「ばかな。それでは、己とて身の破滅。あの女がそんなばかなことをするはずがない」

「いえ。それほど、妾を屋敷に入れることは、奥さまにとっては大きな心の痛手なのです。それは、己の破滅と同じこと」

「まさか」

「それほど、奥さまは追い込まれているということです。岡部さん。なぜ、妾を屋敷内に住まわせようとしたのですか。外に囲い、奥さまに気づかれぬようにお通いになれば、よろしかったのでは」

「一軒家を用意するか」

岡部忠太郎は侮蔑するかのように口許を歪めた。

「それで、どうなる？」

「どうなるとは？」

「わしのような男に、女が心から寄り添うと思うか。もし、一軒家をあてがえば、いずれわしが足を向けないときは男を引き入れるようになる。蒲原どのの例もあるしな」

「蒲原さまの……」

蒲原与五郎の妾は、小網町にあてがわれた家に間夫を引き入れていた。その現場に来合わせた蒲原与五郎は嫉妬のあまり、妾を殺してしまったのだ。

ほんの数ヶ月前に、そのような悲劇が起きたのだ。

「わしは、おちせを失うのが怖いのだ」

「おちせさんと言うのですか」

「そうだ。親の借金の形に、吉原に売られたが、心根のやさしい女だ」

「今は、おちせさんはどこに？」

「屋敷の普請《ふしん》が済むまで、以前に我が屋敷に奉公していた女中の実家に住まわせておる。おちせには好きな男がいたのだ。もし、おちせを一軒家に囲えば、いつしかその男がおちせのところに通うようになる。そうなったら、わしは蒲原どのの二の舞だ」

今度は、岡部忠太郎は自嘲ぎみに笑った。

「そのために、奥さまのお気持ちを踏みにじるのは……」

「青柳どの」

岡部忠太郎は目をつり上げ、剣一郎の言葉を遮《さえぎ》った。

「そなたには、子どものいないわしの気持ちがわかるまい」

「えっ」

いきなり、後ろから斬り付けられたような衝撃を受けた。

「そなたには、立派なふたりの子がいる。ことに剣之助は、そなたのあとを継ぐ立派な青年だ。だが、わしには、あとを継がせる子がいないのだ」

岡部忠太郎の声が震えを帯びていた。

「養子をもらう？　それもいいだろう。だが、それは単に岡部という家名を残すに過ぎない。わしは血をわけた我が子に、我が与力の職を継いでもらいたいのだ。四十を迎え、跡継ぎのいない寂しさが、ことさら骨身に染みるようになったのだ」

「岡部さん」

思いもよらぬ岡部忠太郎の苦衷《くちゅう》を察して、剣一郎は掛ける言葉を見出せなかった。

四

菅沼市之進は二階の窓のてすりに寄りかかり、漠然と外を眺めていた。

すぐ目の前は墓だった。墓参りに訪れたひとがいるのか、とある墓に線香の煙が上がっている。

彼岸が過ぎ、訪れるひとの少なくなった寺に、線香の煙がたなびくだけで人影はない。

あの浪人はどうしただろうか、と小山甚五郎のことに思いを馳せた。刀を質から出したあとでも、しばらく糊口《ここう》を凌ぐだけの金が残るだろうから、その間に、口入れ屋から用心棒の仕事でも見つけてくれればいい。

そう思ったものの、そういう暮らしは本意ではないのであろう。あの浪人も自分と同じように不器用な人間かもしれない。仕官を諦めたあと、どのような生き方があの者にあるというのだろうか。

それは自分自身にも向けられた言葉だ。

伊太郎の言うように、金を稼ぎ、その金を元手に道場を開く。そういう生き方もあるのだ。

そうだ。その道場に小山甚五郎を誘ってやろう。

そう思うと、これからその話をしてこようと思った。希望だ。人間にとって必要なのは希望だ。道場を持つという夢を、小山甚五郎と語り合うのだ。

市之進は刀を持って梯子段を下りた。

「どこへ」

「きのうの浪人の所に行ってくる」

「夕方には親分が到着しやす。それまでにお戻りを願いますぜ」

伊太郎の声を背中に聞いて、市之進は編笠を持って土間を飛び出した。

相変わらず、ひとで賑わっている両国から両国橋を渡り、岩本町にある長者長屋を目指した。

神田川にかかる和泉《いずみ》橋から柳原通りをはさんで反対側に位置する岩本町に入り、通行人にきいて、長者長屋はすぐにわかった。

八百屋と荒物屋の間の路地に長屋の木戸がある。その路地に入って行くと、なんとなくひとの動きがあわただしい。

長屋の住人がとっつきの家に入って行き、別の人間が中から出て来た。

市之進が、たった今とっつきの家から出て来た男に声をかけた。職人ふうの男だ。

「すまん。こちらに小山甚五郎という浪人が住んでいると聞いたんだが」

「あなたさまは、小山さまとはどのようなご関係で？」

逆に、きいてきた。

「先日、偶然に言葉をかわした程度だが、一度訪ねてみてくれと言われていたのだ」

「そうですかえ。じつは、小山さん、死にました」

職人ふうの男が冗談を言ったと思った。

「おい、真面目に答えろ」

つい、市之進が声を荒らげた。

「ほんとです。死んだんですよ」

「死んだ？　おい、どういうことだ？」

「今朝、小山さんが起き出してこないので、長屋の者が家の中を覗いたら、刀で腹を切って死んでいたんですよ」

「なんと」

市之進は一瞬、目眩《めまい》を覚え、体がよろけそうになった。

「置き手紙といっしょに小銭があり、家賃と弔《とむら》いの費用にしてくれと書いてありました。どうやら、質屋から請け出した自分の刀で腹を切ったようです」

市之進は小山甚五郎の家に向かった。土間に入ると、顔に白い布をかぶせられて、ひとが横たわっている。

枕元に経机《きようづくえ》が置かれ、その上に線香が煙を上げていた。

「なんと、早まった真似を」

市之進はそのまま踵《きびす》を返した。

気がついたとき、柳原の土手に来ていた。

竹光では死のうにも死ねなかった。市之進が渡した一両で刀を質屋から請け出したのは、生計を立てるためではなかった。死ぬためだったのか。

あれが浪人の末路か、我が行く末かと、市之進は胸をかきむしりたくなった。市之進は呻《うめ》き声を発して、神田川沿いを柳橋のほうに力なく歩いて行く。

だんだん夕暮れてきて、西陽が背中に当たる。

(俺が小山甚五郎を殺したようなものだ)

なまじ、金など与えなければ、あの者は死ぬようなことはなかった。いや、同じだ。あの者は死んだも同然だった。死ぬに死ねずにいたのだ。

右手に郡代屋敷が見え、前方に浅草御門が見えて来たとき、数人の武士が土手から下りてきた。

近くの船宿で呑んでいたのか、あるいは吉原で遊び、山谷堀から船でここまで帰って来たのか。

声高に話しながら、ふと市之進の前で立ち止まった。

「邪魔だ」

武士のひとりが罵《ののし》るように言う。

こいつらは仕官している身、こっちは浪人だ。こっちが虫けらのように思えるのか、ひとを見下したような態度が癇《かん》に障《さわ》った。

「邪魔なら、そっちがどけ」

市之進はやり切れない思いに襲われ、いらついてもいた。だが、それ以上に、その武士に反発を覚えたのは、顔が本宮一太郎に似ていたからだ。

まるで、本宮一太郎に蔑《さげす》まれているような錯覚に陥った。

「無礼もの」

相手は少し酔っていた。威《おど》しのつもりだったのか、刀を抜いて斬りかかってきた。

市之進は素早く鯉口《こいぐち》を斬り、刀を鞘走《さやばし》らせ、横一文字に相手の胴を斬った。

ぐえっという奇妙な声とともに、相手が崩れ落ちた。

他のふたりが何か叫んで倒れた男に駆け寄った。

市之進はいきなり駆け出した。走りながら刀を鞘に納め、両国広小路を突っ切って両国橋を渡った。

残りのふたりは追っては来なかった。斬られた男の手当てをしているのだろう。

川沿いの船宿や料理屋の提灯に明かりが灯り、川には屋形船が出ていた。

北森下町の隠れ家に帰って来ると、助八が出て来て、

「親分がいらっしゃっている。市之進さん、こっちへ」

と、二階の居間に引っ張って行った。

長火鉢の前にでんと構えて座っている恰幅《かっぷく》のいい男がいた。歳の頃は四十過ぎ。一見、大店《おおだな》の主人ふうだが、色浅黒く、精悍《せいかん》な顔つきにはぞっとするような凄味《すごみ》もあった。

長煙管《ながぎせる》を片手に、市之進をじっと見つめる。ひとを何人も殺してきたに違いない。そんな血の匂いがする。

「こちらは、伊勢の駒蔵親分だ」

伊太郎が市之進に紹介する。

「おまえさんかえ。菅沼市之進さんってのは」

駒蔵にはひとを威圧する迫力があった。

「そうだ」

市之進は反発するように答えた。

「血の匂いがするぜ」

駒蔵が突然、言い出した。

「市之進さん。おまえさん、何かやらかしたね」

何人もの血を吸ってきた男だからこそ、血の匂いを嗅《か》ぎつけられたのだろう。

「ここに戻る途中、柳原の土手で勤番侍を斬ってしまった」

「市之進さん。これで、覚悟がついたんじゃねえですかえ」

伊太郎が含み笑いをした。

「奴らが、必死になって、市之進さんを探しますぜ。なあに、あっしらといっしょなら見つかりっこねえ」

この連中の仲間に加わる運命にあったとしか思えなかった。

「わかっている」

勤番侍を斬ったときから、市之進は覚悟を決めていた。

「じゃあ、市之進さん。あっしらに手を貸していただけるんですね」

伊太郎が鋭い目を向けた。

「ああ、手を貸す」

「そうですかえ。親分。これで、準備万端整いましたぜ」

「うむ。明日、残りの連中がここに集まる。そこで、計画を練る」

「仲間は全員で何人なんだ？」

市之進はきいた。

「市之進さんを加えて七人ですぜ」

いよいよ自分も盗人の仲間入りかと、市之進は苦いものを呑み込んだように顔をしかめた。

「伊太郎。市之進さんに役割を説明してやりな」

駒蔵が煙を吐いて言う。

「へい」

伊太郎は市之進に顔を向け、

「あっしらは、これから江戸で何軒かの押込みをする。狙うところは、戸締りもしっかりして、警戒も十分な豪商の屋敷だ。戸締り十分、警戒厳重な屋敷にどうやって押し入るか。そこで市之進さんの出番だ」

「俺に何をやれと？」

「市之進さんは、江戸に来て、青痣与力の噂を聞いたことがありますかえ」

「青痣与力？　そういえば、ふたりの男が、俺の顔を見て、青痣与力と叫んだことがある。まさか、この痣が」

「そうですぜ。市之進さんの顔の痣は青痣与力にそっくり。年恰好も背丈も似ている。そこで、市之進さんに青痣与力に化けてもらうという寸法だ」

「青痣与力というのはそれほどの与力なのか」

「これまでにも、何人もの大物の盗賊が御用になっている。盗賊にとっちゃ、火盗改めより、青痣与力のほうが恐ろしい。今度は、その青痣与力をこっちが手玉にとろうという寸法だ」

「一度、会ってみたいものだ」

市之進は、どんな男か会ってみたいと思った。

「向こうに市之進さんの存在を知られるのはまずいが、青痣与力を一度は見ておいたほうがいい。どうですね。明日、青痣与力の出仕の途上で、遠くからでも顔を拝んでみては」

伊太郎が言うと、駒蔵が、

「敵を知っておいたほうがいいだろう。市之進さん。そうしなせえ」

と、勧めた。

「わかった。案内してくれ」

もう引くに引けないところに来てしまった。市之進は、気づかれぬように嘆息《たんそく》した。

翌日の朝、市之進はいつものように深編笠をかぶり、伊太郎の案内で、永代橋《えいたいばし》を渡って、日本橋川沿いを西に向かい、江戸橋を渡って本材木町《ほんざいもくちょう》一丁目にやって来た。

日本橋川から南にある京橋川《きょうばし》との間を楓川《もみじ》が流れている。

本材木町はその河岸沿いにある町家だ。その楓川沿いを行くと、最初の橋が見えて来た。

「海賊橋《かいぞく》だ。奴はここを渡って、向こうに歩いて行く」

伊太郎は青痣与力の行動を調べていたようだ。

そのまま先に、本材木町四丁目まで進み、そこの木戸番屋の脇で立ち止まった。

「奴はだいたいこの付近を五つ半（九時）をちょっとまわった頃に通る。じゃあ、あっしはさっきの海賊橋まで行って見張っている」

「よし」

伊太郎が裾を翻《ひるがえ》して去って行ったあと、市之進は木戸番屋を覗いた。店先に、草履や炭団《たどん》、箒《ほうき》、笊《ざる》などの荒物などが並んでいて、女が店番をしている。

木戸の反対側には自身番があるが、出入りする者は見当たらない。

しばらくして、伊太郎が駆けつけて来た。

「来る。今、海賊橋を渡った」

「そうか」

市之進は河岸に出て、さっき来た道をゆっくり戻った。

向こうから、継上下《つぎがみしも》、平袴に無地で茶の肩衣の武士がやって来る。槍持、草履取り、挟箱持、若党らの供を従えている。

徐々に近づいて来た。

市之進は川寄りを行く。青痣与力の痣は左頰にあるのだ。自分の痣は右頰。仮に、何らかの拍子に顔を覗かれても、見られるのは何もない左側だ。

だんだん、青痣与力が近づいてきた。引き締まった顔に才気走った目鼻立ち。確かに、優れた人物であることが察せられる。

頰の青痣を見た。なるほど、右と左の違いはあるが、自分の頰の痣に似ている。

ゆっくりと、青痣与力とすれ違う。笠のうちから、横目遣いで見る。頰の青痣が目に飛び込む。その瞬間、青痣与力の視線がこっちに向いた。

市之進は緊張して、行き過ぎた。気がつくと、掌《てのひら》に汗をかいていた。

しかし、これですべてが氷解した。高輪の大木戸でのこと、一昨日《おととい》の鎌倉河岸でのこと。いずれも、相手が青痣与力だと口にし、急におとなしくなった。

江戸の者はじかに青痣与力に会ったことがなくても、頰に青痣のある与力のことを知っているのだ。

途中、立ち止まり、振り返る。青痣与力の一行は京橋川に向かって進んでいた。

五

京橋川に突き当たり、右に折れて竹河岸を行く。

剣一郎は、さっきすれ違った深編笠の侍のことが気になっていた。あの男、笠の内からずっとこっちの顔を見ていた。

何者であるか。

この数日来、ときたま、何者かにつけられているような、見張られているような感覚があった。

(まさか)

剣一郎の胸に暗い翳《かげ》が射した。

新見紋三郎に関しての橋尾左門の言葉が蘇る。

「誰かに、つけられているとか、へんな奴が訪ねてきたとか、そういうことは何もなかったのだな」

あのときは、確かに何もなかった。

だが、最近のつけられているような感覚といい、さっきの深編笠の侍の不審な挙動といい、新見紋三郎に関係あることだろうかと疑われた。

今になって後悔するのは、新見紋三郎に止めを刺さなかった己の詰めの甘さだ。いや、止めを刺す、刺さないということより、新見紋三郎の死を確認しなかったことだ。

ふつうだったら死んでいて不思議ではない。だが、あの男は一度は死の淵から蘇ったのだ。

仮に、新見紋三郎が死んでいたとしても、その仲間がついに動き出したのか。仲間はいた可能性はないと考えていたが、新見紋三郎のすべてを知っていたわけではない。

そんなことを考えているうちに、比丘尼《びくに》橋を渡り、お堀沿いから数寄屋《すきや》橋御門内に入り、奉行所の門が見えて来た。

今月が月番で、門は八の字に開いている。

その門前で、剣一郎は定町廻り同心の植村京之進と出会った。

「青柳さま」

「おう、京之進か」

脇の門から奉行所の庭に入り、同心詰所の前で、京之進が言った。

「先日来、町医者を訪ねていますが、仰《おつしや》るような患者を診《み》たという医者は見つかりませぬ。そういう患者を診たという医者の噂も聞いたことはないそうです」

片腕を失った者を治療していれば、患者や医者仲間からも噂が出そうだが、それもないという。

「そうか。いや、ご苦労」

「これからは、もう少し範囲を広げて調べてみようかと思います」

これまでは浅草、下谷、神田、両国周辺を中心に調べさせたらしい。

さっきみた深編笠の浪人のことが頭を掠《かす》めたが、

「おそらく、そのような者を診たという医者は見つからぬかもしれないが、まあ、気にかけて、ついでがあったら調べてみてくれ」

と、剣一郎は京之進に負担にならないように頼んだ。

「はい。畏《かしこ》まりました」

続々と他の与力たちも出仕してきて、すでに訴願の者たちも集まっていて、奉行所は活気に満ちてきた。

剣一郎が与力部屋に行くと、すぐに宇野清左衛門に呼ばれた。

年番方の部屋に宇野清左衛門を訪れ、きのうの岡部忠太郎との話し合いを報告すると、宇野清左衛門はしばらく表情を曇らせていたが、急に顔を上げ、声をひそめて言った。

「そのおちせという女子に会ってみてはいかがか」

「おちせにですか」

「気持ちを確かめるのだ。もし、岡部忠太郎への思いが強いのであれば……」

「強いのであれば、なんと」

剣一郎の心に不安が掠めた。まさか、妻女を離縁させ、おちせを後添いに、と考えているのではないか。

「妻妾同居させて、うまくいくとは思えぬ。この際、可哀そうだが、妻女を離縁させたらいかがかと」

「宇野さま。それは、ご妻女どのにとってあまりにも酷《こく》なお考えだと思います」

「わかっておる。ともかく、その女子の気持ちだけでも確かめておいたらどうだ」

「わかりました」

「おちせを預かっている場所はわかるのか」

「はい。家内がご妻女どのから聞いております」

「では、今から行ってみてはどうだ。幸い、最近は大きな事件もなく、平穏な日々が続いておる。まあ、このようなことにかかずらうこと自体が平穏な証《あかし》なのであろうが」

きょうは風もなく、穏やかな日和《ひより》で、風烈廻りの巡回も、礒島源太郎と只野平四郎に任せておけばよい。

しかし、なぜ、自分がこんな役目を背負わなければならないのかと、またも疑問が胸に広がった。

「わかりました。さっそく行ってきます」

剣一郎が腰を浮かせかけたとき、宇野清左衛門が呼び止めた。

「青柳どの」

「はっ」

「なぜ、このようなことに、青柳どのを煩《わずら》わせるのかと、得心がいくまい」

「いえ。私は宇野さまには、お目をかけていただき、いろいろお世話になっております。宇野さまのお役に立つことでしたら、犬馬の労をとることを厭《いと》いません」

剣一郎は心を偽って答えた。が、今言ったことも事実に違いなかった。

「かたじけない」

宇野清左衛門は頭を下げた。

剣一郎は供も連れずに巻羽織を着流しに着替え、奉行所を出た。

再び、京橋川に出て、途中、船宿から船に乗り、鉄砲洲《てつぽうず》の波除稲荷《なみよけいなり》の脇を過ぎて、大川に出た。

波もなく、船は速さを増し、永代橋、新大橋とくぐり、両国橋の賑《にぎ》わいを見ながら、右に曲がり、竪川へと入った。

岡部忠太郎の屋敷に奉公していた女中の実家は、本所五ツ目の小梅村《こうめ》だった。

船が一ツ目之橋、二ツ目之橋と過ぎ、五ツ目之橋の手前の桟橋に着いた。

陸に上がった剣一郎は五ツ目通りを北に向かう。左手に佐竹右京太夫《さたけうきようだゆう》の下屋敷が見える。田圃《たんぼ》には百姓の姿がたくさん見える。

ひとに訊《たず》ね、ようやく、おちせのいる百姓家に近づいた。

母屋の入口に立ち、案内を乞うと、暗い土間から白い影が近づいてきた。赤子を背負った老婆だ。

「こちらに、おちせという女子がいると聞いて訪ねて来たのだが」

「はい。おりますが、おまえさまは？」

「私は、岡部忠太郎どのの同僚で、青柳剣一郎と申す」

「あれ、青痣与力って呼ばれているお方でございますか。それは、失礼いたしました。おちせさんは離れにおりますじゃ」

急に、赤子が泣き出したので、離れの場所を教えてもらい、剣一郎は母屋の裏にまわった。

そこに向かうと、縁側に若い女が悄然《しょうぜん》と座っていた。

剣一郎が近づいて行くと、女は訝《いぶか》しそうな目を向けた。寂《さび》しそうな目だ。

「おちせさんだね」

剣一郎は縁側の傍《そば》で立ち止まり、女に声をかけた。

「はい」

こざっぱりした袷《あわせ》を着ているが、色が抜けるように白く、美しい顔立ちなので、華やかな印象だ。岡部忠太郎が夢中になるのは無理もないと思った。

「私は岡部さんの朋輩《ほうばい》で、青柳剣一郎と申す」

剣一郎が名乗ると、おちせは居住まいを正した。

「岡部さんより事情はきいた」

剣一郎は濡縁に腰を下ろして言う。

「おそれいりまする」

「そなた、岡部さんの屋敷に住むそうだが」

「はい。そのようにございます」

おちせは表情を曇らせた。

「ざっくばらんに言おう。そなたが、岡部どのをどう思っているのか、それが知りたい」

「どう、と言いますと？」

「岡部どのの妾として、岡部どのの妻女とうまくやっていく覚悟があるのか」

「私は身請けされた身です。どのようなことでも、岡部さまの言うなりに」

そう言い、おちせは目を伏せた。

「それはそうであろう。だが、そなたの本心を聞きたい」

「本心でございますか。それは……」

「岡部どのの妾になることが本望かどうか、ぜひ聞かせて欲しい。あるいは、妾ではなく、後添いに入りたいと願っているのか」

剣一郎は無遠慮に切り込んだ。

「とんでもありません。私はそのようなことは考えていません」

「では、妾でいること自体はどうなのだ？」

「そういう運命でございますから」

おちせははかない笑みを浮かべた。

「運命に甘んじるということか」

「仕方がありません」

おちせは寂しそうに言った。

「そなたには、言い交わしたような男はいなかったのか」

「はい。私が苦界《くがい》に身を沈めるとき、きっといつかお金を貯《た》めて身請けをすると言ってくれました。でも、弥助《やすけ》さんにそんなお金を稼ぐことなんて無理でございます」

「弥助と言うのか」

「はい。本郷菊坂《ほんごうきくざか》町の同じ裏長屋で暮らしておりました。弥助さんは指物《さしもの》師をしています。いい腕を持っていると、親方から言われているそうです」

「弥助はここにも会いに来るのか」

「はい。でも、もう来ないでと言ってあります。あと何日かしたら、私は岡部さまのお屋敷に行かなければなりません。会えば、よけいに別れが辛《つら》くなるだけですから」

ふと、おちせは涙ぐんだ。

「そうか。そなたの気持ちはあいわかった」

剣一郎は立ち上がった。

再び、剣一郎は船に乗り、竪川を出て、隅田川を突っ切った。両国橋の下をくぐった船は神田川に入って行く。

剣一郎の瞼の裏にはおちせの残像がこびりついている。岡部忠太郎がおちせに逆上《のぼ》せ上がった理由はわかる。それだけに、この問題はやっかいだった。

なぜ、自分がこんなことに関わらなければならないのかと、ふと弱音を吐きたくなるが、宇野清左衛門の頼みとあれば、それもいたしかたない。

御茶の水辺りの船着場で船を下り、剣一郎は武家地を突き抜けて、本郷菊坂町にやって来た。

自身番に顔を出し、月番の大家に聞いて、弥助の住む長屋を聞いた。坂の多い町で、石段を下ったところに、弥助やおちせの家族の住んでいる長屋があった。

長屋の路地を入り、洗濯物を取り込んでいた女房に弥助の住まいをきいたが、弥助はまだ仕事先から帰っていない。

十歳くらいの女の子が桶《おけ》を持って出て来て井戸に向かった。水を汲《く》んで、家に運んで行く。女房にきくと、そこがおちせの実家だった。父親が病気で、十二歳になる女の子の兄は、毎日、お堀の補修工事の仕事に行っているという。その上の兄は、ある商家に住込みで働いていると教えてくれた。

おちせが泥水に身を沈めなければならない現実を、剣一郎は目《ま》の当たりにした。

弥助は本郷三丁目にある指物師の金助《きんすけ》という親方の所で働いているというので、剣一郎は本郷三丁目に向かった。

指物師の金助の仕事場はすぐわかった。

戸を開けて入って行くと、仕事場には片肌、あるいはもろ肌脱ぎの職人が鉋《かんな》や鑿《のみ》を使っていた。背後には箪笥《たんす》や小箱などが無造作に置いてある。

鬢《びん》の白いものの目立つ男が親方の金助であろう。片膝つきで、掲げた白木に目をつけ、なめ回すように見ていた。

「仕事の手を休めさせて申し訳ないが、私は南町奉行所与力の青柳剣一郎と申す。ここに弥助はおるか。非番ゆえ、お役目のことで来たのではない」

親方が白木を見つめたまま、おい弥助、と声をかけた。

端のほうで、小槌《こづち》を持ち、箪笥を組み立てていた若い男が顔を上げた。

「弥助か。ちょっと話がある。手の空いたときに、話を聞かせてくれ」

「弥助。ちょうどいい。休憩しな」

まったく白木から目を離さずに、親方が言う。

弥助は小槌を置いて立ち上がった。二十三、四歳の、引き締まった顔つきの若者だ。

先に外に出て待っていると、訝しげな顔つきで弥助がやって来た。

「すまないな。じつは、おちせのことだ」

「おちせちゃんの」

弥助の顔色が変わった。

「おちせの運命を知っているな」

「へい。与力の旦那に身請けされ、八丁堀のお屋敷に住まわせられると聞きやした」

口惜しそうに、弥助は唇を歪《ゆが》めた。

「そなたは、おちせをどう思っているのだ?」

「どうって……」

弥助は戸惑いを見せてから、

「あっしにはおちせちゃんしかいねえ。おちせちゃんに会えなければ、死んだほうがましだ」

と、夢中で叫ぶように言った。

「その気持ち、確かだな」

「もちろんです。でも、もう、どうしていいかわからねえ。吉原にいれば、金を貯めていつか身請け出来る。それが無理でも、年季明けまで待つという希望があった。それなのに、八丁堀の旦那の妾になれば、もう手が届かねえ」

弥助は泣き声になった。

「弥助、男が泣くものではない。泣いてもなにもならん」

「はい。でも」

「おちせをほんとうに自分のものにしたいのなら、命を賭《と》してぶつかるのだ」

「命を賭して」

「よいか。弥助。好きな女のために、命を賭けろ」

剣一郎は弥助を励ました。

六

翌日、奉行所に出仕すると、剣一郎は市中取締諸色調掛りの部屋に赴き、岡部忠太郎の傍に行った。

出仕して間もない岡部忠太郎は茶を飲んでいるところだった。

岡部は剣一郎を見て、露骨に顔をしかめた。

「岡部さん。お話があります。今夜、お時間を」

「話など無用」

岡部がいらだったように答える。

「お部屋の増築がお済みになったようですね」

「誰からきいた？」

「出入りの大工が引き上げれば、そう思うでしょう」

「ふん」

岡部は顔をそむけた。

「今夜、この前の一石橋の袂《たもと》のそば屋でお待ちしております。ぜひ」

「行かぬ」

「きょう来ていただけたら、もう二度と、岡部さんの前に、この件で顔を出しません」

「ほう。二度とな」

岡部がにやりと笑った。

「その言葉に二言はないな」

「しかとお約束いたします」

剣一郎は厳しい顔で言う。

「よし、それなら行こう」

「ありがとう存じます」

辞儀をし、剣一郎は部屋を出た。


夕方の七つ（四時）に役目を終え、剣一郎は奉行所を出た。岡部忠太郎はまだ部屋にいた。

供を従え、八丁堀の組屋敷に戻った。奉行所から組屋敷まで四半刻（三十分）もからない。

屋敷に戻って着替えてから、剣一郎は着流しで、再び外に出た。

ここから一石橋までも、たいして時間はかからない。

一石橋に行くと、弥助が待っていた。辺りはだんだん夕暮れに染まっていく。

「弥助。覚悟はいいな」

「はい」

剣一郎は、弥助を例のそば屋に連れて行った。

そば屋の主人に岡部忠太郎の名を告げ、二階の部屋に上がった。

弥助が落ち着かなげに待っていたが、暮六つ（六時）の鐘が鳴り終える頃に、梯子《はしご》段《だん》に足音がして、岡部忠太郎がやって来た。

部屋に入るなり、岡部は弥助を見咎めて、妙な顔をした。

床の間を背に座ってから、

「青柳どの。約束である。これで最後だ、よいな」

と、岡部はまず念を押した。

「承知しました」

次に、岡部は再び弥助に目を向け、

「青柳どの。この者はなんだ?」

と、気になるようにきいた。

「岡部さんにぜひ、お話があると言うので、待たせておきました。この者は、おちせの許嫁《いいなずけ》だった者です」

「なに」

岡部はたちまち顔に怒気《どき》を含んだ。

「青柳どの。何の真似だ」

「お叱《しか》りはごもっとも。しかし、ぜひ、この者の話を聞いて欲しかったのでございます」

剣一郎は弥助に目を向け、

「弥助、よいな」

と、声をかけた。

はいと頷き、弥助は岡部に向かって、いきなり頭を下げた。

「弥助と申します。おちせちゃんとは本郷菊坂の長屋で、子どもの頃から隣合わせで住んでおりました」

「青柳どの。無礼だ。わしは帰る」

岡部は片膝立てて腰を浮かせた。

「岡部さん。どうぞ、お座りください」

剣一郎の覚悟を決めたような物言いに、岡部もうむと唸《うな》ってから忌《い》ま忌ましげに腰を下ろした。

「弥助。続けろ」

「おちせちゃんは、親孝行者でした。おとっつあんが病気で、おっかさんも体が弱く、小さな弟と妹がいる。そんな一家を、おちせちゃんが茶屋で働きながら守って来たのです。でも、とうとうやっていけなくなって、吉原に身を売る羽目になっちまった」

弥助が悔しそうに続ける。

「おちせちゃんが吉原に行ってから、みな毎日泣いて暮らしていた。あっしだって、生きる張りさえなくなったんです。でも、いつか、身請けしようと頑張って働いてきました。そんなとき、旦那が身請けしなすった」

岡部が憎々しげな目を剣一郎に向けた。

「あっしとおちせちゃんは言い交わした仲でした。あっしは、おちせちゃんを守ると約束したんです。旦那、どうか、おちせちゃんを、あっしに返してください。お金なら、一生働いてお返しいたします」

「拙者を愚弄《ぐろう》する気か。ふざけるのもたいがいにしろ」

岡部忠太郎は体をわななかせた。

「ふざけてなんかおりません。あっしの言うことはまったく筋の通らないことだと重々承知しております。それでも、旦那にお願いしないわけにはいかないんです。どうか、お願いです。おちせちゃんを返してください。許してください」

「青柳どの。こんなことをして何になる？　時間の無駄だ」

岡部は勢いよく立ち上がった。

「旦那。もし、願いを聞き入れてくれないなら、せめてもの慈悲《じひ》にございます。あっしを斬ってくださいい。あっしを殺してから、おちせちゃんを屋敷に連れて行ってください」

「くだらん」

岡部は冷笑を浮かべ、障子に向かった。

「岡部さん」

剣一郎は呼び止めた。

「あなたが、おちせを屋敷に入れるにあたり、どれだけの人間が周囲で泣いているかおわかりでしょう。この弥助しかり、おちせの両親、兄弟姉妹しかり。さらに、ご妻女どのです」

障子にかけた岡部の手が止まった。

「弥助。もう、よい。また、あとで知らせる」

剣一郎は弥助に声をかけた。

「はい」

弥助が頭を下げて、部屋を出て行った。

「岡部さん。どうぞ、お座りください」

剣一郎が言うと、岡部は顔を歪めたまま、さっきの場所に腰を下ろした。

「あなたは、ご妻女どのがどれほど傷つかれたのかおわかりですか」

剣一郎は改めて問うた。

「あの者には贅沢をさせることで納得させている」

「そうでしょうか。ご妻女どのは贅沢などしたくはないはずです。それより、もとのような静かな暮らしこそお望みのはず」

「そなたにわかるはずもない」

岡部は顔を歪めた。

「岡部さん。今こそ、はっきり申し上げます。妾を屋敷内に置くべきではありませぬ。さらにいえば、許嫁のいるおちせを妾にすべきではありませぬ」

岡部は怒気を含んだ顔を向け、

「黙れ。子のいない苦しみがそのほうにわかるか」

と、声を張り上げた。

「お察しします。ですが、子のいないのは岡部さんだけではありません。他にもいらっしゃいます。その方々は養子をもらい」

「そんなことで心が和《なご》むと思うか」

「岡部さん。お子がいないことで、誰が一番心を痛めているとお思いですか。ご妻女どのではありませぬか。あなた以上に、ご妻女どのの心痛がいかばかりか。そのことに思いを馳《は》せたことはおありですか」

「……………」

岡部は言葉に詰まったように口を半開きにした。

「ご妻女どのは、屋敷に妾を入れるのは、いずれ自分は離縁されるからだと思っておいでのようです」

「ばかな。離縁などせぬ」

「しかし、そう思うのも無理からぬこと。それに、もし、妾に子でも生まれれば、それこそ、ご妻女の居場所はなくなる。そう思い悩んでいるのですぞ」

岡部の顔が苦しげに歪んだ。

「あいつは、そんな弱い女ではない」

「気丈に振る舞っているだけです。どうか、ご妻女どののお気持ちも汲《く》んであげてください」

「ばかな……」

岡部は吐き捨ててから、落ち着きをなくし、手を握りしめたり、額に手をやったりしていたが、やがて、肩を落とした。

「わしは、そなたがうらやましかった」

岡部がぽつりと言った。

「子どもがいるということをですね」

「それだけではない。剣之助のことだ。剣之助が病気で休養しているというのは表向きのこと。じつは、女子と駆け落ちしたのだということは知っている」

「お恥ずかしき次第です」

「いや、そうではない。その剣之助を心配し、そのことで骨を折っている。そういうことを出来ることがうらやましかった。養子をもらったとしても、血を分けた我が子とは違う。そういう心配などいらぬこと」

岡部忠太郎の苦衷《くちゅう》もわかる。だが、子どもの出来ない夫婦は、なにも岡部忠太郎のところだけではない。

そう口にしようとしたが、それはあまりにも酷なような気がした。

「おちせを我が娘とし、弥助と立派に娶《めと》らせてあげたらいかがですか」

剣一郎は思いつきを口にした。烈火のごとく怒り出すと思いきや、岡部は何も言わずにうなだれているだけだった。

七

九月二日の夜。

黒の着流しに、編笠を被り、市之進は伊太郎とともに北森下町の家を出た。

最初の狙いは日本橋小網町の海産物問屋『若狭屋《わかさや》』である。市之進と伊太郎は新大橋を渡り、土手伝いに小網町に向かった。

きょうは下調べのために出て来たのだ。この道を通る者はいない。辻番屋の提灯《ちょうちん》の明かりが風に揺れている。

冷たい潮風が頬に当たる。

「道中、いっしょだった娘はどうしたんだ？」

市之進は伊太郎にきいた。

「母親の両親に預けたんですよ。そのために江戸に連れて来たんですから」

「どうせ江戸に出て来るのなら、江戸で一働きと、考えたわけか」

「そんなところです」

伊太郎はくぐもった声で答えた。

「妻女はどうしたのだ？」

「死にました。流行《はや》り病でね」

行徳《ぎょうとく》河岸を通り、日本橋川に突き当たって右に折れる。

商家が軒を並べている中で、一際《ひときわ》大きな店が『若狭屋』であった。漆喰《しっくい》の土蔵造り、間口が十間（十八メートル）以上はありそうだ。

すでに戸が下りている前を素通りする。

「ここだ」

伊太郎が顎《あご》で示す。

潜《くぐ》り戸だ。戸が閉まったあとは、ここが出入り口だ。

「二階に奉公人がいるが、手代の部屋が土間の近くにある。戸を叩《たた》いて、出て来るのは手代です」

市之進は二階に目をやる。窓には雨戸が閉まっている。

「土蔵は裏手だ」

暗い路地に入って行く。

忍び返しのついた頑丈そうな高塀が続いていて、乗り越えられるような場所は見つかりそうもない。

なるほど、大きな土蔵が三つもある。大きな蔵には海産物が仕舞ってあるのだろうが、千両箱が唸っている土蔵は小さなほうだろう。

土蔵の鍵は伊勢の駒蔵が開けることになっている。駒蔵は錠前破りの名人だという。

伊勢の駒蔵の仲間は全部で七名。伊太郎と助八の他に、髭もじゃの鎌田三蔵《かまたさんぞう》という浪人、それに力自慢の牛松《うしまつ》と音松《おとまつ》という兄弟だった。このふたりが、土蔵から千両箱を担《かつ》いで逃げることになっている。

ともかく、忍び込んでしまえば、もうこっちのものと自信を持っている連中だった。用心棒がいても、こっちは腕の立つものばかりだと、皆余裕を持っている。

街道筋を荒し回ってきた盗人一味だけのことはあると、市之進は感心した。

「さあ、行きやしょうか。ぐずぐずしてひとに見られてもまずい」

「わかった」

帰りは永代橋に向かった。

さすがにこの時間になると、人通りも少ない。長い橋の真ん中に差しかかったとき、深川方面から数人の武士が声高に話し、かつ笑いながらやって来る。

一瞬、柳原通りでのことを思い出した。この前の連中かと思い、用心深く、市之進は欄干《らんかん》のほうに身を避けた。

やはり、勤番者らしい。五人いる。仲町辺りで遊んで来たのか。

すれ違いざま、市之進は笠の内から五人のほうをちらっと見た。その瞬間、市之進の足が止まった。

伊太郎がすかさず、市之進の体を押した。

「なにをする」

「いけねえ。大事の前だ。よけいなことに関わってはだめだ」

勤番者のひとりが振り返ってこっちを見ている。伊太郎が市之進を勤番者から引き離すように引っ張って行った。

「いってえ、どうしたっていうんですかえ」

伊太郎がたしなめる。

「奴がいたんだ」

「奴？」

「本宮一太郎だ」

市之進は興奮していたのだ。一太郎はにやついていたのだ。玉枝を俺から奪った男だ。親友面《づら》して俺とつきあい、その一方では玉枝とわりない仲になっていた。

ちくしょうと、市之進は忘れていた怒りにかられた。

「本宮一太郎ってえ人とどんな経緯《いきさつ》があるかしりませんが、こんなところでことを起こしたって、何の得にもなりませんぜ」

市之進は伊太郎の手を振り払い、欄干に寄った。

暗い川を見下ろしながら、震えのくる怒りを懸命に抑えた。あの男を斬ったところで、玉枝がこっちに戻ってくるわけではない。それに、憎いのは、玉枝も同様だ。許嫁のある身でありながら、他の男、それもよりによって市之進の親友に心を移したのだ。たとえ、一太郎が横恋慕したとしても、それを撥《は》ねつけるのが当然なのだ。

ちくしょう、と市之進は唇を嚙んだ。

「市之進さん。すべて終わったら、本宮一太郎とやらを討つ手助けをしますぜ」

伊太郎が哀れむような目を向けていた。

翌日の夜。四つ（午後十時）を大きくまわった。

人っ子一人通らない鎧《よろい》河岸に七つの影がゆっくり、海産物問屋『若狭屋』の前に集まって行った。

伊太郎が用意した羽織に袴をつけ、頭には火事場頭巾をかぶって髷《まげ》を隠し、頬の青痣が隠れないように頭巾を顎《あご》の下でとめ、市之進はものものしい姿で、潜り戸の前に立った。

深呼吸をし、戸を静かに叩く。

しばらくして、内側から声がした。

「どちらさまでございましょうか」

「南町の青痣与力だ。火急のことゆえ、すみやかにここを開けていただきたい」

覗き窓が開いた。市之進は頬の痣がよくわかるように顔を近づけた。

「あっ、青柳さま。少々、お待ちを」

あわてて、覗き窓の目が引っ込み、やがて潜り戸の閂《かんぬき》の外れる音がした。

戸が開くと、市之進はすっと暗い土間に入り、

「静かに。声を立てずに」

と、落ち着いて言う。

「は、はい」

手代が震えながら畏《かしこ》まっている間に、仲間が続々と入って来た。駒蔵と浪人の鎌田

三蔵は陣笠をかぶって同心の恰好をし、伊太郎と助八は岡っ引き、あと大きな体の兄弟、牛松と音松は手下という出立《いでた》ちだ。

「さあ、戸を閉めて」

「は、はい」

再び、手代は閂をかけてから、

「いったい、何が」

と、おそるおそるきいた。

「ここに賊が侵入した形跡がある。しっ、騒ぐな。騒げば、奉公人に危害が加えられる」

ひぇっと、手代が口を半開きにした。

今の声が聞こえたのか、板敷きの間に、番頭らしき男が出て来た。

「番頭さんか。静かに」

市之進は目を見開いている番頭に強く言い、

「よいか。騒ぐではない。他の者を起こしてはならぬ。よいな。そのほうはここに。それから、そなたは土蔵まで、同心を案内してくれ。よいか、家人に気づかれるではない」

戸を開けた手代を帳場格子の傍に座らせ、番頭に仲間を土蔵まで案内させせた。そして、市之進は板敷きの上がり口に腰を下ろした。

背後で、手代が歯の根が合わずに震えているのがわかった。

今ごろ、駒蔵が土蔵の錠前を破っているところだろう。市之進は腕組みをし、その作業が終わるのを瞑目《めいもく》して待った。

「もし、万が一、江戸で思うように行かなければ、いつでもここに戻って来てください。この離れはずっと空けておきますので」

府中の松右衛門の声が蘇る。

すまない、松右衛門どの。あなたのせっかくの好意を無にしてしまった。とうとう、俺は盗賊にまで成り下がったのだ、と市之進は胸を掻きむしりたくなった。

これも、本宮一太郎と玉枝のせいだ。

尻端折《しりつぱしよ》りをした岡っ引きの恰好の伊太郎がやって来た。

「手代さん。番頭さんが向こうで、呼んでいますぜ。すぐ行ってくだせえ」

伊太郎が囁《ささや》くように言う。

「えっ、番頭さんが」

「くれぐれも静かに」

青白い顔をした手代は草履をひっかけ、通り庭を通って内庭に向かう。

土蔵の前に来ると、いきなり伊太郎が手代の背後から襲いかかり、口を押さえて、もう一方の手に握った匕首《あいくち》を手代の腹部に突き刺した。

市之進があっと思ったときには、手代の体が崩れ落ちていた。

「伊太郎さん……」

「さあ、行きましょう。皆、外に出た」

伊太郎にせき立てられて、市之進は裏口から外に出た。

そして、助八が用意してあった船に乗り込み、助八が船を操って、船番所のある永代橋のほうに向かわず、途中行徳河岸のほうに舳先を向けた。

やがて、右手に田安《たやす》家の下屋敷を過ぎ、中州から新大橋の下に出た。

「なぜ、殺した?」

抑《おさ》えていた怒りをぶつけるように、市之進は伊太郎や伊勢の駒蔵にきいた。

「あの者は、我らの顔を見ている。このからくりを奉行所に知られたら、これからの仕事がやりにくくなる」

伊太郎が低い声音で言う。

「まあ、最初は誰でもそう思うものだ。市之進さんも、そのうちに馴《な》れる」

「しかし、何の罪もないものを?」

「それは、あの者の不幸だ。市之進さんに柳原の土手で斬られた勤番者とて同じじゃねえんですかえ。あの者だって、ただ酔っぱらっていただけで、何の罪もなかったはず」

伊太郎は勝ち誇ったように、

「市之進さん。我々だって命を張っているんですぜ。捕まれば、獄門」

獄門……。そうだ、押込みの一味に加わったことは、そこまで落ちたということだ。

市之進は自分の体が、もう洗い流せないほどに汚れてしまったことに、今さらながらに愕然《がくぜん》とするのだった。

船は暗がりを滑《すべ》るように大川を上って行った。

第三章　火事場頭巾の侍

一

九月四日の明け方、定町廻り同心植村京之進は、小網町の鎧河岸にある海産物問屋『若狭屋』に駆けつけた。

南町きっての切れ者で、二十六歳で定町廻り同心に抜擢《ばってき》され、これまでも期待に違《たが》わぬ手柄を立ててきている。

京之進は広い庭を突き抜け、屋敷の裏手にある土蔵に向かった。

「植村の旦那。こっちです」

先に駆けつけていた岡っ引きの多助《たすけ》が案内する。

多助は二年前まで空き巣を働いていた男だ。京之進が捕まえたのだが、その素早い動きや機転の働く頭のよさを惜《お》しみ、手札を与えたのである。

今ではすっかり岡っ引きらしくなっていた。

「あの土蔵です」

土蔵の中で、二番番頭の福之助《ふくのすけ》と手代の松吉《まつきち》が、いずれも匕首《あいくち》で腹や胸を刺されて死んでいた。

庭で殺され、ここに運ばれたようだ。

「今朝から、二番番頭と手代の姿が見えないので、主人たちは不思議に思っていたそうです。しかたなく、大番頭が土蔵の錠前を外したところ、中にふたりの死体があったってわけです」

多助が厳しい顔で説明する。

「朝、土蔵の鍵はかかっていたのだな」

京之進は土蔵から外に出た。

「そうです。大番頭の田之助《たのすけ》が鍵を使って開けたのを、いっしょにいた手代も見ていますから間違いありません」

「鍵を奪われた形跡はないのか」

「ないそうです」

「すると、賊は鍵なしで土蔵の扉を開け、番頭と手代の死体を放り込み、再び、錠前をかって逃げたというわけか」

「そうなりますぜ」

「だとしたら、見事な錠前破りの仕業だ。で、盗まれたのはどれほどだ」

「へい、主人の若狭屋の話では、千両箱が二つ」

「二千両か」

「ただ、わからねえのは、なぜ、番頭と手代がこの中で死んでいたのか」

多助が小首を傾げた。

「賊はどこから入ったんだ」

京之進は庭の周囲を見回した。高塀には忍び返しがつき、ちょっとやそっとでは乗り越えられそうにもなかった。

「おそらく、裏口だろうと思いやす。裏口の閂《かんぬき》は外されていましたから」

京之進は、庭の隅で気の抜けたような顔をしている主人の傍《そば》に行った。

「きのうの戸締りは誰がしたのだ?」

「殺された手代の松吉です」

「いつも、松吉の役目か」

「はい。ですが、あとで、私が必ず確かめます。ゆうべも、私が四つ(十時)過ぎに鍵を確かめました」

若狭屋が虚《うつ》ろな目で言った。

「すると、そのあとで、誰かが鍵を開けたということになるが」

「いえ、そんなはずはありません」

若狭屋が否定すると、多助が、

「若狭屋さんが知らないだけで、奉公人の中に、押込みを手引きした奴がいるかもしれませんぜ」

と、鋭く言った。

「いえ。私どもの奉公人は皆、身元の確かなものばかり」

「若狭屋さん、奉公人は何人いるんですかえ」

多助がきく。

「この家の中だけで、三十三人おります」

「それだけの奉公人の素行がすべてわかっているってのは難しいんじゃないですかえ」

多助と若狭屋がかわす話を聞きながら、京之進はしきりに、番頭の福之助と手代の松吉のふたりが殺されたわけを考えていた。

このふたりは賊に遭遇しているのだ。もし、賊が裏口から侵入したのなら、番頭と手代は賊に出会うだろうか。

多助は下男や下女に疑いの目を向けているようだが、京之進は番頭か手代のどちらかが怪しいような気がした。

もともと押込みの仲間ではないだろう。押込みの一味に何らかの弱みを摑《つか》まれ、威《おど》されて、裏口の門を外した可能性がある。

「若狭屋さん。番頭の福之助と手代の松吉には手慰《てなぐさ》みをしたり、女に逆上《のぼ》せ上がっているなどということはなかったか」

京之進は疑問を口にした。

「いえ、とんでもありませぬ。あのふたりは若狭から連れて来て、丁稚《でっち》から鍛《きた》えて番頭や手代にしたのでございます。節操が堅く、信用がおけるといいましたら、このふたりに敵《かな》う者はありません。ですから、松吉には戸締りを、それから福之助には火の用心の責任の一切を任せておりました」

予想の外れた答えに、京之進は戸惑った。

「だが、若狭屋さんの眼鏡《めがね》違いってことも考えられるんじゃないんですかえ」

多助が口をはさむ。

「とんでもありません。ふたりとも住み込みですし、朝早くから夜遅くまで働いてくれております。たまの休みにも、めったに外に出ることはありませぬ。手慰み、女遊び、酒、一切しません。仕事一途《いちず》、お店一途な者たちでした」

若狭屋は目をしょぼつかせた。

表のほうが賑やかになった。奉行所から検使与力が駆けつけたのかと思っていたら、手下が駆け込んで来て、火盗改めだという。

やがて、火盗改めの与力、同心、手先が踏み込んで来たので、京之進はその前に立ちふさがった。

「今、我ら南町が現場の探索をしております。しばらく、お待ちいただきたい」

京之進は慇懃《いんぎん》な態度で言う。

「なんと。我ら火盗改めに指図をいたすのか。そちは何者ぞ」

勝気そうな目をした侍が顔を強張らせた。

「南町定町廻り同心植村京之進と申します」

「同心の分際で、火盗改めに歯向かうのか」

「いえ、歯向かうつもりはございません。ただ、この事件は南町で預からせていただきますので、まず我らの検使与力の到着後にしていただきたいと、お願いしているのでございます」

「ふたりも殺されている凶悪な押込み。これは我ら火盗改めの仕事であろう。退《ど》いてもらおう」

「いや、それは出来ません」

京之進は、いつも火盗改めの強引な探索に批判的であった。

町奉行所は老中の支配下に属し、火盗改めは若年寄《わかどしより》の支配下にあるが、そもそも、町奉行所と火盗改めでは探索の上で大きな違いがあった。

火付盗賊改は放火、盗賊、博打《ばくち》の取締りから犯人の検挙、取調べなど自由勝手に行うことが出来るのだ。怪しいとみれば町奉行所のように手順や規則を踏むことなく、どしどし捕らえ、厳しく取調べをすることが出来る。時には激しい拷問さえをする。情け容赦のないやり方は一般の人間にも恐れられていた。

もし、この事件に火盗改めが乗り出せば、奉公人たちの中にも、あらぬ疑いを持たれて、拷問にかけられる者も出て来るかもしれない。

謎が多い事件だけに、火盗改めには任せられないと思うのだった。

幸いに、乗り込んで来たのは与力と同心、それに手先の者だけに、京之進は一歩も引けをとらないという覚悟を見せた。

「ふん。奉行所の同心として火盗改めに対抗しようという気持ちはわからんでもないが、そんなことをしてあとで後悔することになる」

「対抗するつもりはございません。この事件は私どもが先に現場を保存しましたゆえ、まず私どもの調べがすんでからのちにと、お願いしているのでございます」

そこに後ろから、年配の男が顔を出した。

「拙者は火盗改め与力坂上恒次郎《さかがみこうじろう》と申す。もとより、我らとて、そちらの仕事を邪魔するつもりは毛頭ない。我らがここにやって来たのにはわけがござる」

丁寧に出て来られ、京之進もいきり立つ心を鎮《しず》めた。

「わけと仰せられますと？」

「じつは、我が手の者が、先月、両国広小路にて錠前殺しの富蔵に似た男を見かけていたのだ」

「錠前殺しの富蔵？」

「十三年前まで江戸で暴れていた錠前破りだ。顔を見た者は必ず殺すという残忍な男。十三年前、探索の結果、押込みをする商家を摑み、そこで張り込んで、やって来た一味の者を捕まえたが、肝心の富蔵には逃げられた。それきり、錠前殺しの富蔵は江戸から姿を消した。その富蔵に似た男が江戸に現れたのだ。このたびの押込み、ひょっとしたらと駆けつけたしだい」

十三年前では、富蔵の事件のことを知る由もなかった。もとより、火盗改めと張り合おうという気持ちはなく、犯人検挙が第一である。

それに、坂上恒次郎は信用出来そうな男と見たので、

「わかりました。どうぞ、お調べください。何かわかったら、教えていただけますか」

と、京之進は火盗改めに現場を一時譲ることにした。

「かたじけない。その前に、幾つか確かめたいが、よろしいか」

「なんなりと」

「まず、盗まれた金は？」

「千両箱が二つ」

「土蔵の錠前は？」

「鍵を使わず開けられておりました」

「殺されたのは？」

「番頭と手代のふたりです」

「わかり申した。では」

火盗改めの与力と同心ふたり、それに手先が土蔵に向かった。かなり丹念に調べて

いたが、やがて坂上恒次郎がやって来た。

「富蔵の手口は軽業師《かるわざし》崩れの男に塀を乗り越えさせて、裏口を開けさせていた。だが、この屋敷では塀を乗り越えるのは難しそうだ」

「では、富蔵とは違うと？」

「いや。侵入の手口は違うようだが、やはり富蔵の仕業と思える。その根拠は土蔵の錠前につけられた引っかき傷だ」

「引っかき傷？」

「富蔵は狙った錠前にはすべて、ばつ印の引っかき傷を残していた。自分の仕業であるという誇示のためだったと思われる。その印がここの錠前にもあった」

坂上恒次郎は顔をしかめ、

「ただ、さっきも言ったように、侵入の仕方が違う。その他の手口は、富蔵のやり口に似ており、番頭と手代のふたりを殺したのも、富蔵の仕業を思わせるが……」

しかとした証拠はないと、坂上恒次郎は答えた。

「全体の印象としては、富蔵の手口に似ているのですね」

「似ている。忍び込む方法が違うが、現場の様子を見た限りでは富蔵の仕業としか思えない。引っかき傷は他の者が偶然につけた可能性もないではない。だが、十三年ぶりに富蔵が舞い戻ったとしか思えない。わしたちは、わしたちで富蔵を追う」

そう言い、坂上恒次郎は同心、手先を引き連れ、引き上げて行った。

「錠前殺しの富蔵か」

京之進は呟《つぶや》いた。

そこにようやく検使与力がやって来た。

二

二日後、風の強い日、午後から剣一郎は礒島源太郎と只野平四郎と共に、市中の見廻りに出た。

ときたま、立ち止まっては手で目を被《おお》い、俯《うつむ》いて強風が巻き上げる土埃《つちぼこり》の襲撃を防がなければならなかった。

浅草から下谷を抜けて、下谷長者町《ちようじや》や神田仲町などを突っ切り、神田花房町《はなぶさ》から筋違橋御門《すじかい》を抜けた頃には、もう闇が下りていて、家々にも明かりが灯っている。

幸いなことに、風も少し弱まって来ており、このぶんではあと半刻（一時間）もあれば、治まるであろうと思われた。

今朝も顔を合わせたが、岡部忠太郎は何も言わず、気難しい顔で横を向いた。剣一郎は、もう何も言うつもりはなかった。

あとは、岡部の良心の問題だった。ただ、宇野清左衛門に何と報告すればよいのか、そのことで少し気が重かった。

神田連雀《れんじやく》町から銀《しろがね》町、三河《みかわ》町などの路地を通り、途中自身番にも顔を出し、鎌倉河岸に出た。

すると、とある一膳飯屋からいきなり飛び出して来た若い男が剣一郎の顔を見て、急に立ち止まった。

「あっ、青柳の旦那。この前はすいませんでした。あの浪人、どうしました？　あっ、いけねえ。あっしは急ぐんだった。じゃあ、失礼しやす」

鳶《とび》の者らしい男だ。

男はそのまま行ってしまった。

「誰ですか」

礒島源太郎がきいた。

「いや、知らぬのだ」

剣一郎は不思議に思った。

勘違いしているのかもしれない。あるいは、自分が忘れているのだろうか。

夜になって、剣一郎は奉行所に戻った。

宇野清左衛門が待っていた。

「青柳どの。困ったことになった。明日、岡部忠太郎の屋敷を視察するので、立ち会って欲しいと長谷川どのから言われた」

「視察ですか」

予期しないことだったので、剣一郎はあわてた。

「御目付の耳に入ったらしい。誰かが、密告したのであろう。御目付から、もし、不届きのかどがあれば、即刻手を打つように、と長谷川どのに言って来たらしい」

宇野清左衛門はため息をつき、

「青柳どのの説得も無駄であったようだの」

と、うらめしげに剣一郎を見た。

「申し訳ありません」

剣一郎は小さくなった。

「いや。青柳どのが謝ることではない。ただ、この件では長谷川どのは強い調子で臨《のぞ》むという。おそらく、岡部忠太郎は奉行所与力の職を解かれることになるだろう」

「なんとかなりませぬか」

　剣一郎はそれだけは阻止したいと思った。

「青柳どの。御目付の耳に入ったからには内々で済ますわけにはいくまい。岡部忠太郎ひとりの首を切れば、それでことを済ますというのは、御目付の温情だ」

　岡部忠太郎に詰め腹を切らせることが出来なければ、御目付が奉行所全体の付届けの実態を取調べることになるかもしれない。長谷川四郎兵衛はそのことを恐れているのだ。

「青柳どのも、明日は立ち会って欲しい」

「宇野さま。私が立ち会うのはいかがでありましょうか。長谷川さまにしても不審に思うでしょうし、岡部さんとて面白くないのではないかと」

　剣一郎は尻込みした。

「いや、青柳どの。なぜ、わしがこのような問題に、そなたを巻き込んだのか、わからぬか」

「はい」

「確かに、そなたの役務ではない。だが、わしはそなたがいつかこの奉行所を背負って立つ人物だと睨《にら》んでおる」

「それは大仰にございます」

「いや。わしがいなくなったあとを託せるのは、そなただけだ。行く末は、そなたは年番方与力として、奉行所の先頭に立ってもらわねばならぬ」

「恐れ多いことにございます」

「なんの。わしは、そう見込んだからこそ、こういった問題にも、そなたを関わらせているのだ。年番方与力になるための修業でもある」

それは宇野さまの買いかぶりというもの、私にはそんな器量はありませぬと言おうとしたとき、長谷川四郎兵衛が勝手に話し合いの場に入って来た。

「今、お奉行からも厳しい姿勢で臨むように言われてきた」

そう言ってから、長谷川四郎兵衛は剣一郎に顔を向け、

「青柳どの。宇野どのの強い勧めもあり、明日はご同道願うが、いっさい口出しはやめていただきたい。岡部どのの弁護はご無用。よろしいか」

宇野清左衛門が目顔で何か言ったので、

「心得ました」

と、剣一郎はおとなしく頭を下げた。

「さて、宇野どの」

長谷川四郎兵衛は宇野清左衛門に顔を向け、

「吉原の遊女を身請けし、妾にしようとしたことだけでも、岡部忠太郎の驕《おご》りは、許し難きものがある。まさに専横を極めておる。これも、宇野どのの日頃の監督不行き届きの責任も免《まぬか》れないと存じるが、いかがか」

「まこともって」

宇野清左衛門が畏《かしこ》まるのを、

「待ってください。まだ、岡部さんの素行が明らかになったわけではありません。明日の結果を見ずに、今のような話をするのは、ちとおかしいのではないかと思いますが」

「青柳どの」

長谷川四郎兵衛は頰を痙攣《けいれん》のように震わせ、

「そなたには一切の口出しを禁じたはず」

「それは、明日のことと承《うけたまわ》りましたが」

「だまらっしゃい」

剣一郎の言うことはいちいち癇《かん》に障《さわ》るらしく、ささいなことにも長谷川四郎兵衛はめくじらを立てる。

「わしが言っているのは、岡部忠太郎に関することで一切の口出し無用ということだ。わかったのか」

「わかりました」

これ以上、長谷川四郎兵衛に逆らっても仕方ないので、剣一郎はすぐに折れた。

「では、明日。よろしく頼みましたぞ。いったん、奉行所に来られてから出かけたい。よろしいかな」

「承知いたしました」

宇野清左衛門は軽く辞儀をした。

長谷川四郎兵衛がしかめっ面で部屋を出て行ってから、

「長谷川さまは、お奉行在任中に何事も問題がないように、ということだけが頭にあるみたいですね」

「まあ、あのひとはあのひとなりに一生懸命だ」

宇野清左衛門は口許に皮肉そうな笑みを浮かべた。

が、すぐに表情を曇らせ、

「それにしても、困ったことになった。贅を尽くした庭や、部屋を目の当《ま》たりにしたら、長谷川どのは烈火のごとく怒り出すであろう。そこに、妾を住まわせるなどとは、わしとて、許せぬであろう」

と、宇野清左衛門は歯嚙みをした。

岡部忠太郎に、おちせの許嫁弥助を会わせたのが数日前。弥助の訴えが、岡部忠太郎の胸に届いたかどうか。

明日で岡部忠太郎の運命はすべて定まることになる。


翌日の昼下がり。長谷川四郎兵衛がお奉行の代理として、宇野清左衛門は長老である年番方与力の筆頭として、また剣一郎は将来の年番方与力になるための修業の一環として、奉行所を出発した。

すでに先触れが行っており、岡部忠太郎の屋敷に到着すると、玄関に、岡部忠太郎夫妻が迎えに出ていた。

「お役目、ごくろうに存じます」

岡部忠太郎は緊張した面持ちで腰を折った。

剣一郎は、妻女の久野の髪に目をやり、おやっと思った。鼈甲《べっこう》の櫛《くし》ではなかったからだ。

まず、三人は客間に通された。

そこで、茶のもてなしを受けた。

だが、茶を一口啜ったただけで、長谷川四郎兵衛が宇野清左衛門に目配せをした。

宇野清左衛門は頷き、改まって、

「では、岡部どの。まことに相済まぬが、改造したお部屋と庭を見せていただきましょうか」

と、岡部忠太郎に声をかけた。

宇野清左衛門の顔は憂鬱《ゆううつ》そうに沈んでいた。岡部忠太郎に引導を渡さねばならないのだから、剣一郎も気は重かった。

岡部忠太郎は案内に立った。

宇野清左衛門、長谷川四郎兵衛、そして、剣一郎と続いて、廊下を奥に向かった。

普段は家族しか通らない廊下を経て、建て増しをしたと思われる部屋を見た。

「特別な部屋ではなさそうだが」

宇野清左衛門が呟《つぶや》く。

柱に檜を使ったりした、贅沢な造りではない。柱の壁に一輪挿し。床の間に掛けている掛け軸もさして名のあるものではなさそうだった。

内庭に庭下駄が用意してあり、三人は庭に出た。築山が出来ていたはずだが、今はない。戻したのだ、と剣一郎は思った。ただ、菊の植木が庭に趣《おもむき》を与えている。

長谷川四郎兵衛は庭の隅に立ち、

「どこが贅を尽くした庭なのだ」

と、戸惑いぎみに呟く。

「長谷川どの。どうやら、やっかみ半分のいやがらせだったようですな」

安堵したような表情で、宇野清左衛門が言う。

「いや。まだ、ある。遊女の身請けだ」

長谷川四郎兵衛はまだ難しい顔を崩そうとしなかった。

再び、客間に戻り、宇野清左衛門が岡部忠太郎に向かい、

「岡部どの。そなたは、近頃、吉原の遊女を身請けしたとお聞きしたが、しかと間違いないか」

と、切り出した。

「間違いありませぬ」

岡部忠太郎は頭を下げた。

「岡部どの。その女を妾にし、この屋敷で住まわせるとのこと。その儀はいかがか」

長谷川四郎兵衛が横合いから口を出した。

「長谷川さま。そのことは違います」

「何、違うとな」

「はい。身請けしたのは事実でありますが、決して妾にしようとしてのことではありませぬ」

「はて、では、なぜ、五百両もの金をかけて身請けをしたのか」

長谷川四郎兵衛が睨んだ。

「五百両ではありませぬ」

「なに、五百両ではないと。では、いくらだと申すのか」

「百両にございます」

「百両でも大金であることに間違いないが、なぜ、それが五百両という値になったのだ」

宇野清左衛門が訝《いぶか》しげにきく。

「その遊女を身請けしようと争った商人が言いふらしたのかと思います。その者が、身請けに二百両を用意したと聞いております」

「なるほど。その者より岡部どのが身請けすることになったので、その者は岡部どのが五百両を払ったと勘違いしたというわけか」

宇野清左衛門の表情にだんだん血の気がさしてきた。

変わった、と剣一郎は岡部忠太郎を見直す目で見た。以前の依怙地さがなくなっている。庭も部屋も、大急ぎで元に戻したものと思える。

「では、なぜ、その遊女を身請けしたのだ?」

宇野清左衛門が穏《おだ》やかにきく。

「はい。その女は貧しい暮らしの末に、吉原の泥水を被ったのであり、その女には許嫁がおります。我が夫婦には子どもがなく、あまりお金を使うこともありませぬ。いろいろ付届けをもらっておりますが、その金がだいぶたまりました。せめて、生きた金を使おうと、その女を身請けし、許嫁といっしょにさせてやろうとしたのです」

岡部忠太郎は威儀を正して説明した。

「見上げたお心、この宇野清左衛門、感服つかまつった。長谷川どのも、そうは思われませぬか」

宇野清左衛門が大仰に讃《たた》えた。

「しかし、吉原の女を身請けするだけの金があるというのも世間の疑いを招きかねん」

長谷川四郎兵衛は苦い顔で言う。

「仰る通りでございます。そのことについては、このとおり、お詫びいたします」

岡部忠太郎は素直に頭を下げた。

「長谷川どの。これで、岡部どのへの不審は解消されました。いかがでございますか」

宇野清左衛門が横にいる長谷川四郎兵衛に顔を向けた。

「うむ。ただ、いろいろ誤解を招くようなことがあったのは事実。このことでは深く反省してもらわんとならん」

長谷川四郎兵衛はまだ不審顔で言う。

「はい。承知してございます」

岡部忠太郎は両手をついた。

「それでは、これで引き上げましょうぞ」

宇野清左衛門が立ち上がり、長谷川四郎兵衛も納得いかなげに腰を浮かせた。

宇野清左衛門と長谷川四郎兵衛が玄関を出たあと、剣一郎は岡部忠太郎に呼び止められた。

「青柳どの。このご恩は忘れませぬ」

岡部忠太郎の横で、妻女も深々と頭を下げた。

「青柳どのの言葉で目が覚めました。あのふたりを添《そ》わせてやるつもりです」

「岡部さん」

剣一郎は覚えず呼びかけた。

「どうか、多恵さまにもよしなに」

妻女の久野が熱い眼差しを向けた。

「失礼いたします」

宇野清左衛門と長谷川四郎兵衛が外で待っているので、剣一郎は軽く辞儀をして踵を返した。

奉行所に戻る道すがら、妻女の言葉が蘇った。

どうか、多恵さまにもよしなにと、言ったのだ。そうか、すべて多恵の差配だったのかもしれないと、剣一郎は思った。

三

植村京之進はさっと柳の木の陰に身を隠した。

伊勢町河岸の小料理屋『お芳《よし》』の店から、『若狭屋』の大番頭田之助が出て来た。

「おめえ、あとをつけろ。家に入っても、しばらくは田之助を見張っているんだ」

多助が言うと、手下は田之助のあとをつけはじめた。といっても、田之助の住まいはすでに摑んでいる。

田之助の住まいは日本橋高砂町《たかさごちょう》にあった。浜町《はまちょう》河岸の近くである。間口二間半の二階建て、ここに通いの婆さんを雇ってのひとり暮らしだった。いずれ、嫁さんをもらい、『若狭屋』でもうしばらく奉公し、その働きぶりが認められれば分家も許されるという立場である。

そういう田之助が、押込みの仲間に入るとは考えにくいが、他人にはわからない秘密があるかもしれない。そう思って、ここ数日尾行を続けているうちに、『お芳』の女将《おかみ》およしに惚れているらしいことを突き止めたのだ。

お店に押込みが入り、あれだけの災難を受けたというのに、田之助は今夜も『お芳』に寄った。

事件直後から、多助や手下と共に、京之進は『若狭屋』の奉公人について、ひとりずつ調べていった。

引き込みをした者がいる。そう睨んでのことだ。

殺された番頭と手代に何か秘密が隠されている可能性や、あるいは、他の奉公人の中に押込みを引き入れた人間がいることも考え、この数日、奉公人の身辺を洗っていた。

だが、『若狭屋』の決まりは厳しく、奉公人は外出したり、夜遊びも出来ないことがわかってきた。

したがって、殺された番頭や手代、そして他の奉公人も富蔵一味に付け入られる隙はなかったと考えざるを得なかったし、また怪しい点も見出せなかった。ただひとりをのぞいては……。

それが、大番頭の田之助だった。

田之助は三十三歳。去年から、一軒屋をもらい、通い番頭として『若狭屋』に通っている。だが、仕事の忙しいときには、家に帰らず、店に泊まることもある。

あの事件の夜も、店に泊まっていたのだ。もし、富蔵と内通しているものがあるとすれば、それは田之助しか考えられなかった。

事件の翌日、休んだだけで、店はふつうに商売をはじめていたが、事件後は、田之助は高砂町の家から店に通っている。

暖簾《のれん》をかき分け、およしに見送られて客が出て来た。目つきの鋭い顔だ。ただ者ではないような気がしたが、単なる客だろう。

夜四つ（十時）の鐘が鳴り、最後の客が引き上げ、女将のおよしが暖簾を片づけはじめた。遠くで、拍子木《ひょうしぎ》の音がする。

およしは二十五、六の項《うなじ》の白い色っぽい女だった。あんな女に色目を使われては、仕事一途で来た田之助など、簡単に籠絡されてしまうに違いない。

軒行灯《のきあんどん》の明かりが落ち、およしが店の中に入ると、戸障子を照らしていた明かりも消えた。

田之助を見張っていた手下が戻って来た。

「田之助は寝たようです。明かりが消えて、四半刻待っていましたが、何もなさそうでした」

「ごくろう」

さらに、それから四半刻後、小舟町《こぶなちょう》のほうから人影が近づいて来た。

「旦那」

多助が声をかけた。

京之進も暗がりに身を隠した。

遊び人ふうの男だ。『お芳』の脇の路地を入って行った。少し時間を置き、京之進と多助は路地を入り、裏に向かった。

そこに、もうひとりの手下が見張っていた。

「男が、裏口から入って行きましたぜ」

二階を見上げると、ぼんやりと障子を透かして明かりが見える。

およしの間夫だ。この男が、押込みの一味であれば、およしを介在して、『若狭屋』の番頭とつながる。

「旦那。あとは、あっしたちが見張っていますぜ」

「うむ。おそらく、男は明け方までいるだろうが……」

ずっと見張っていても仕方ないと思ったが、京之進はちょっとためらった。

「万が一ってこともありますから、あっしたちでずっと見張っていますぜ」

「そうか。では、そうしてもらおうか」

なんとなく心残りがしたが、京之進はあとを任せて、そこから引き上げた。

翌朝、組屋敷に多助が駆け込んで来た。

朝餉《あさげ》をとっている最中だった京之進は箸《はし》を置き、すぐに庭に面した濡縁に出て行った。濡縁に手をついて、多助が肩で息をしていた。急いで、走って来たものと思える。

「多助。どうした?」

「あっ、旦那」

多助は顔を上げ、

「旦那。悔《くや》しいぜ。およしの間夫を火盗改めがひっさらって行きやがった」

と、掠《かす》れた声で訴えた。

「なに」

京之進は覚えず手を握りしめた。

「明け方、間夫が家を出て来たんで、あとをつけたら、いきなり間夫を囲みやがった。やつら、あっしたちが見張っているのを知っていて、あんな真似をやらかしたんですぜ。鳶《とんび》に油揚げを攫《さら》われた」

多助は悔しそうに顔を歪めた。

「そうか。あの男」

京之進は、ゆうべの客を思い出した。田之助が引き上げて、しばらくしてから目つきの鋭い男が出て来た。あの男は、火盗改めの密偵だったのかもしれない。

こっちは確たる証拠がなければ何も手出しは出来ないが、向こうは怪しいと思えばとらえて拷問にかけてでも口を割らすことが出来るのだ。

「田之助はどうだ？」

「あっ」

多助は自分の迂闊《うかつ》さに気づいたように声を上げた。

「早く、田之助のところに行くのだ。俺もすぐ支度して追いつく。田之助を火盗改めから守るんだ」

「わかりやした」

多助が屋敷を飛び出して行った。

京之進は朝餉も中途のままで、すぐに着替え、妻女の見送りを受けて、日本橋高砂町の田之助の家に向かった。

火盗改めも田之助に疑いの目を向けているだろうことは想像がついたのだから、なんとか手を打っておくべきだった。

後悔しながら、京之進は江戸橋を渡り、照降横町《てりふりよこちょう》から親父橋《おやじ》を渡った。

だが、橋を渡り切ったとき、悄然《しょうぜん》と引き返して来る多助と出会った。

「あっ、旦那」

多助が泣きそうな声を出した。

「どうした？」

うです」

「やられたあとでした。今朝早く、火盗改めがやって来て、田之助を連れて行ったそ

「ちくしょう」

京之進は天を仰いだ。

瞬間、青柳剣一郎の顔が脳裏を掠めた。

たいがいの同心は与力に付属しているのであるが、定町廻り同心は与力の支配下ではなく、奉行直属であり、同心だけの掛かりである。

しかし、そういう掛かりとは別に、与力、同心は五つの組に分けられている。町奉行所の配下には南北にそれぞれ与力二十五騎、同心百二十人ずつがいるが、皆いずれかの組に所属しているのだ。

植村京之進は青柳剣一郎と同じ三番組に所属している。したがって定町廻り同心という掛かりに対しては役儀は違うが、青柳剣一郎は同じ組の上役という関係にあった。

いっそ、青柳剣一郎に相談してみようかと思ったが、京之進は首を横に振った。青柳さまを、煩《わずら》わせては申し訳ないという思いと、今さら、火盗改めに抗議したところで遅いと考えたからだ。

いったん、京之進は屋敷に戻った。

髪結いに髪と髭《ひげ》を当たってもらい、改めて奉行所に向かった。


翌九月八日の未明。

京之進は妻女に起こされた。

「多助さんがお出でです」

「なに、こんな時間に」

京之進はがばっと起き上がった。

「庭にまわりました」

京之進が廊下に行くと、すでに雨戸が開けられていて、まだ薄暗い庭に、多助の姿があった。

「何かあったのか」

京之進の心に不安が広がったのは、およしの間夫か、大番頭の田之助の身に何かあったのではないかということだった。

「旦那。また、土蔵破りです」

「なに」

「深川冬木《ふゆき》町の材木問屋『木曽《きそ》屋』の土蔵が荒らされ、番頭の死体が土蔵の中に放り込まれていたそうです」

「よし、すぐに行く」

妻女の手を借りて着替え、羽織を引っかけると、京之進は多助と共に屋敷を飛び出し、八丁堀組屋敷の堀から船に乗り込んだ。

朝もやの中、船は箱崎《はこざき》橋から永久橋を過ぎ、隅田川に出た。

「『若狭屋』を襲った奴らだな」

錠前殺しの富蔵か。

「間違いないと思いますぜ」

多助の縄張りではないが、自身番の者が騒ぐのを多助の手下が耳聡《ざと》く聞いて来たのだという。

ということは、多助の手下はあの界隈《かいわい》で遊んでいたのだろうが、そのことは大目に見た。

やがて、船が隅田川を横断し、仙台《せんだい》堀に入った。

上之橋を潜り、海辺之橋を過ぎると、正覚寺《しょうかくじ》の本堂の大屋根とこんもりした樹林を右手に見て、ようやく冬木町に着いた。

船着場から、京之進と多助は陸《おか》に上がり、『木曽屋』に急いだ。

『木曽屋』には、この一帯をしま内にしている岡っ引きが来ていた。まだ、同心は来ていないようだった。

だが、その岡っ引きは意外なことを言った。

「ちょっと前に、火盗改めが引き上げたところです」

「なに、火盗改めが？」

京之進は声を失った。

火盗改めが、だいぶこの事件に力を入れていることが察せられた。十三年前、あと一歩のところで取り逃がした無念がよほど大きかったのかもしれない。

気を取り直して、岡っ引きの案内で、庭を通り、土蔵に向かった。

すでに、死体は庭に出されていた。

「この死体は土蔵に入っておりやした」

地元の岡っ引きが説明した。

「盗まれたのは？」

「千両箱が二つです」

ここでも二千両が奪われた。

前回から五日目のことだ。

京之進は土蔵の扉の前に行き、そこの錠前を調べた。

すると、錠前に引っかき傷を見つけた。偶然についた傷ではなく、わざとつけたものだ。火盗改め与力坂上恒次郎が言っていたように、印を残したものだ。錠前殺しの富蔵の仕業《しわざ》と断定してもよいと思った。

京之進も高塀の前に立ったが、『木曽屋』の塀も頑丈で、先の鋭く尖《とが》った忍び返しがつき、おいそれと乗り越えられるとは思えなかった。

多助が傍に来た。

「ずっと塀を見てまわりましたが、どこにも忍び込めるような箇所はありません」

『木曽屋』の材木置き場は木場の掘割の所にあるので、この屋敷の周辺に材木は置いてない。置いてあれば、その材木を利用して塀を乗り越える可能性も考えられなくはないのだが、周囲には何も足場になるものはない。

どう考えても、ここを乗り越えるのは不可能だ。やはり、誰かが内から裏口の戸の閂を外したとしか思えない。

「押込みは裏口から逃げたようです」

岡っ引きが言う。

裏口の戸が開いていた。まったく、『若狭屋』と同じ状況だった。

「ゆうべ、戸締りはしっかりしていたのか」

「そうです。戸締りは番頭に任せており、最後に、主人が確認することになっていたそうです。番頭は堅物《かたぶつ》で、もっとも信用のおける人物だから、戸締りの役を与えていたということです」

これも『若狭屋』と同じだ。

ふと、京之進はあることに気がついた。『若狭屋』も『木曽屋』も、戸締りの番をしている者が殺されている。偶然だろうか。

やはり、富蔵一味は何らかの方法で、戸締りをしている者に近づき、誘惑をし、鍵を開けさせたのか。

小料理屋『お芳』の女将の間夫が富蔵一味だとしたら、『若狭屋』の田之助と同じように、この『木曽屋』の奉公人の誰かを丸め込んだということになる。

そう思ったものの、そう簡単に、富蔵一味に弱みを握られたり、金で心を売ったりする者がいるとは思えなかった。

京之進は『木曽屋』の主人に、奉公人のことをきいたが、素性の確かなものばかりであり、また、奉公人の平生の素行にも目を光らせており、押込みに内通する者はいることは考えられないという返事だった。

それから、京之進は日本橋小網町の『若狭屋』に向かった。

『若狭屋』の前に船が着き、荷物が店に運び込まれていたが、気のせいか、活気がないように思えた。

主人の若狭屋に会って、田之助のことをきくと、まだ、火盗改めに捕らわれたままだという。

次に、伊勢町河岸の小料理屋『お芳』に向かった。

ひょっとして、女将のおよしまで引っくくられたのではないかと不安になったが、『お芳』の戸障子を叩くと、女将のおよしが顔を出した。

すっかり憔悴《しょうすい》した顔をしている。目が腫《は》れているのは泣き腫らしたのであろう。

「おまえの間夫は名を何という？」

店の土間に入って、およしにきいた。

「作次《さくじ》です」

「作次がなぜ、火盗改めに連れて行かれたのか、心当たりはあるか」

「ありません。あのひとは、そんな大それた真似をするひとじゃありませんよ。旦那、何とかしてくださいな」

京之進にしがみつかんばかりにして、およしは訴えた。

「あのひとは、怠け者で、仕事もあまりしませんけど、根はやさしいひとなんです」

「すぐ、疑いも晴れるはずだ。心配せず待つがいい」

そうなぐさめてから、京之進は『お芳』をあとにした。


翌日の朝、京之進は早めに奉行所に出仕し、錠前殺しの富蔵についての記録を調べてみた。

それによると、十六年前から十三年前までの三年間で、二十件近い土蔵破りをし、三十人もの男女を殺している。

当時の記録をみるに、富蔵一味は五人前後。押し入るのは中程度の商家で、盗む金額も、せいぜい五百両前後が多かった。

十三年前の時点で、富蔵は三十歳ぐらい。大柄で、浅黒い細面《ほそおもて》の顔立ちだというが、十三年後の今は、少し姿形が変わっているかもしれない。もともとは錠前屋であり、釘一本で、どんな錠前をも開けてしまう技術を身につけた。

「熱心に何を調べておるのだ？」

そこに入って来たのは臨時廻り同心の間野三五郎《まのみつごろう》だった。間野三五郎も何かの調べものをしに来たようだ。

「あっ、間野さま」

京之進は定町廻り同心の先輩格である間野三五郎に低頭してから、

「錠前殺しの富蔵に関する資料を読んでおりました」

と、説明した。

「錠前殺しの富蔵？」

「はい」

「確か、十年以上前に、ぷっつり江戸から姿を晦《くら》ましてしまった男だな」

「はい。その者が、再び、江戸に現れた形跡があるのでございます。『若狭屋』と『木曽屋』の押込みを火盗改めは富蔵の仕業とみております。間野さまは、富蔵のことを覚えておいででしょうか」

臨時廻り同心は、定町廻り同心を永年務めた者がなり、定町廻り同心の指導や相談に乗ってくれるのだ。

「いや。わしはじかに携《たずさ》わってはいないので、又聞きでしかない。当時、富蔵を追っていたのは……。そうだ、今隠密廻りの作田新兵衛《さくたしんべえ》だ」

「作田さまですか」

「そうだ。当時、まだ定町廻りだったはず。そのとき、富蔵の事件に何度か遭遇して、煮え湯を呑まされていた。作田新兵衛にきいてみたらどうか。確か、同心詰所にいたはず」

「わかりました」

京之進はそこを引き上げた。

同心詰所に作田新兵衛がいた。

町人の恰好をしている。

「作田さま」

作田新兵衛はくわえていた煙管を口から離し、

「おう、京之進か。どうした?」

「はい。ちょっと教えて欲しいのですが」

「なんだ」

と、作田新兵衛は灰吹に雁首《がんくび》を叩いた。

「錠前殺しの富蔵と呼ばれた土蔵破りのことですが」

「なぜ、今頃、富蔵のことを?」

作田新兵衛の目が光った。

「じつは六日前に、日本橋小網町の海産物問屋『若狭屋』で土蔵が破られ、二千両が奪われました」

京之進は『若狭屋』の件から『木曽屋』が襲われた件まで詳しく話した。

難しそうな顔で聞いていた作田新兵衛は、京之進が話し終えるのを待って、

「火盗改めが見かけたというなら、富蔵かもしれない。確かに、錠前の目印も富蔵を指している。だが、当時の富蔵は、『若狭屋』や『木曽屋』のような大店は狙《ねら》わなかった」

「では、違うと？」

「いや。錠前に印を残したのはいかにも富蔵らしい。当時の仲間は皆、火盗改めに御用になったので、新たに仲間を集め、忍び込む方法も変えたのかもしれない」

「そのことですが、どうやって戸を開けたのかが、想像もつきません。火盗改めは『若狭屋』の番頭田之助に疑いを向けてしょっぴいて行きました。ですが、田之助だとは思えません」

「火盗改めも、寸前のところで取り逃がした富蔵が舞い戻ったとなると、躍起になるのも無理はないな」

作田新兵衛は口許《くちもと》をひん曲げた。

「確かに、そなたの言うように、富蔵が引き込みの人間を用意するとは思えない。そんなに長い準備をして押込みをするような人間ではなかった」

「そうなると、どうやって忍び込んだのかわかりません。ただ、戸締りの者が殺されているのは、侵入の手口がわかってしまうから始末したのではないかと思うのですが」

戸を開けたのは殺された番頭や手代だと京之進は思っているのだが、では、どうして押込み一味の言いなりになって戸を開けたのかがわからない。

作田新兵衛は額に当てていた手を離し、

「おそらく、番頭や手代には秘密などないはずだ。念のために調べてみる必要はあるが、おそらく無駄であろう」

「はい」

作田新兵衛は眉をひそめ、

「富蔵は立て続けに仕事をする。また、近々、どこか襲われるかもしれぬ」

と、沈んだ口調で言った。

そこに、若い同心が入口に立ち、それから京之進のそばにやって来た。

「吉井《よしい》さまがお呼びにございます」

「吉井さまが？」

年寄同心の吉井文右衛門《ぶんえもん》である。

京之進は同心詰所を出て、奉行所玄関の式台を上がり、板廊下を右に曲がり、さらに左折して、与力番所の前を通り、年寄同心詰所の前に出た。

片膝をついて障子を開けて、京之進が名乗ると、すぐに、入れ、と同心の首席である年寄同心吉井文右衛門の声がかかった。

「お呼びでございますか」

「うむ。ここへ」

京之進は、吉井文右衛門の前に畏《かしこ》まった。

「じつは、火盗改めより、『若狭屋』と『木曽屋』の押込みはかねてより我らが探索せし錠前殺しの富蔵の件と関わりあると思われる。よって、我らが預かりたいと言って来た」

「そんな」

覚えず、京之進は声を張り上げた。

吉井文右衛門は京之進に目を向け、

「お奉行を通しての依頼であり、いちおうここは我らが引くことにした」

と、強い口調で言った。

「なぜでございますか。記録を見てみれば、奉行所も錠前殺しの富蔵の探索をしております」

「俺たちにうろちょろしてもらいたくないということか」

近くにいた、別の年寄同心が口許を歪めて言う。

「私は納得出来ません。このぶんでは、また押込みが起きますよ。それを、指をくわえて黙って見ていなくてはならないのですか」

京之進は不満を口にした。

「京之進。ようするに、おおっぴらに探索をするなということだ」

吉井文右衛門はなだめるように言った。

ひとりでもやってやると、京之進は思った。

四

芝露月町《しばろうげつちょう》の仏具問屋『寺本《てらもと》』の丁稚の磯吉《いそきち》は小便に起きた。

厠《かわや》の窓からきれいな月が見えた。去年、丁稚に上がった磯吉は十二歳。実家は芝横《よこ》新町《しん》の裏長屋だ。

世話をするひとがいて、『寺本』に丁稚として働くことになったのだ。丁稚として八年の奉公、それから手代並、手代、番頭と道程は長い。だが、ここで辛抱すれば、将来は独立して店を持てるかもしれないのだ。それを思えば、朝暗いうちから起きて掃除をし、夜は仕事が終わってから、番頭さんに読み書き算盤《そろばん》を教えてもらうという過酷な毎日も、なんとか堪《た》えていけるのだ。

厠を出て、部屋に戻ろうとしたとき、梯子段《はしごだん》の下に明かりが見え、番頭さんが土間に下りて行くのが目に入った。

そういえば、今し方戸を叩くような音が聞こえた。

誰か来たのだろう。こんな遅く、いったい誰が来たのかと、磯吉は興味を覚え、そっと梯子段を下りた。

途中で立ち止まり、戸締りのしてある土間に目をやった。

番頭さんが潜り戸に向かって、

「どちらさまですか」

と、声をかけた。

少し声が震えているのは、こんな遅い時間に訪れたひとに警戒心を持っているからかもしれない。

　だが、番頭さんは覗き窓に目をやってから、あっさりと潜り戸を開いた。入って来たのは、袴《はかま》に羽織、火事場頭巾をかぶった侍だった。ここからでは顔は暗くてわからない。

　続けて、着流しの同心ふうの侍と岡っ引きが入って来た。全部で、七人いた。番頭さんが、火事場頭巾の侍にへいこら頭を下げている。

　何かあったのだと、磯吉は身内の震える思いがした。が、番頭さんはあまり騒がない。八丁堀の役人も静かだ。

「念のために、土蔵に案内してもらおうか」

　火事場頭巾の侍が番頭さんに言う。

　番頭さんが、お役人を庭のほうに案内した。皆、そのあとに従い、再び土間は静かになった。

　いったい何があったのだろうか。

　磯吉はそっと梯子段を下り、台所に向かい、土間に裸足のまま下り、水瓶《がめ》の傍に行き、そこから小窓を通して庭を見た。

　皆、庭の暗がりに消えてしまった。土蔵に行ったのかもしれない。話し声がいっさいしないのが不気味だった。

磯吉は迷った末、勝手口の戸を開けて庭に出た。すぐ傍に、車井戸があり、その奥に向かう。

建物をまわると、月影が射して、土蔵のほうが輝いて見えた。

ふと、何か奇妙な声が聞こえた。耳を澄ましたが、もう聞こえない。一瞬だけだった。番頭さんはどうしたのだろう。磯吉はもっと傍に行ってみたかったが、急に寒気がした。風の冷たさだけではないようだ。

ふと人影が揺れたので、磯吉はあわてて植込みの陰の暗がりに身を隠した。

体を震わせ、磯吉が目をいっぱいに見開いていると、着物を尻端折りした男が裏口のほうに向かい、その後ろから肩に重そうな箱を担《かつ》いだ男がふたりついて行く。

千両箱だと、磯吉は声を上げそうになり、あわてて口を押さえた。

それから次々と影が裏口に向かう。その中に、最初に入って来た火事場頭巾の侍もいた。磯吉が足を滑らせ、微かに物音がした。

火事場頭巾の男が立ち止まり、こっちを見た。磯吉は身が竦《すく》んだ。月は出ているが、逆光で、顔は真っ暗で人相はわからない。

あまりの恐ろしさに歯の根が合わず、ただがたがたと震えていた。

もうひとりがやって来て、火事場頭巾の侍に何か言い、ふたりはいっしょに裏口に向かった。

そこから動けずに、そのまましばらく震えていた。半刻経ったか、四半刻ほどか。いつまでも番頭さんは戻って来ない。

磯吉はそっと植込みの陰から出た。緊張から手足がこちこちに硬くなっていた。

磯吉は土蔵の前まで行ってみた。しかし、番頭さんの姿はない。土蔵の鍵はちゃんとかかっている。

さっき千両箱を担いで行ったと思えたのは勘違いだったのだろうか。そう思えば、今のはすべて夢だったような気もする。

第一、番頭さんがいないのが不思議だ。自分が夢を見て、寝ぼけてここまで来てしまったのだろうか。

でも、火事場頭巾の侍の姿はなまなましく覚えている。

磯吉は腑に落ちないまま、しばらくそこにいたが、狐《きつね》に化かされたのかもしれないと、急に怖くなり、急いで勝手口から入り、二階の部屋に戻った。

それから、いろいろなことが思い出されてなかなか寝つけなかったが、いつの間にか寝入ったらしく、丁稚の先輩からたたき起こされて目を覚ました。

あわてて起き上がり、磯吉はお店の掃除をはじめた。

車井戸で水を汲んでいると、ふと夜中の出来事を思い出した。夢にしては、なまなましい記憶がある。

そうだ、番頭さんはどうしているだろうかと、お店の板敷きの間と廊下の拭き掃除をしながら気にしていたが、番頭さんの姿は見えなかった。

そのうちに、主人の声が聞こえた。

「番頭さん。番頭さんはおりませんか」

その声を聞いて、磯吉はどきりとした。

番頭さんはいないようだ。またも、磯吉は体ががたがた震えて来た。

「どうした、磯吉。青い顔をして」

手代が心配そうに声をかけて来た。

「いえ、なんでもありません」

磯吉は答えたものの、夜中のことを思い出し、頭が混乱していた。

勝手口に行くと、下働きの男が、不思議そうに女中に話している。

「裏口の閂が外れていたが、誰か出て行ったのだろうか」

すると、女中が、

「そういえば、番頭さんの姿が見えないみたい。ひょっとしたら、番頭さんが朝早く出て行ったんじゃないのかしら」

と、食事の支度をしながら言う。

そんなはずはない。番頭さんはあのお侍さんたちと、庭に行き、裏口から出て行ったのはあのお侍さんたちだけだ。

「おい、磯吉。なに、そんなところに突っ立っているのだ」

手代が叱《しか》った。

朝は皆、あわただしい。

はいと答えたものの、磯吉は夜中のことを口にすべきかどうか迷っていた。

やがて、主人が店のほうにやって来た。

「誰か、番頭さんを見なかったか」

すると、さっきの女中が、

「裏口の門が外れていたそうです。番頭さんは朝早く外に出て行かれたのではないでしょうか」

と、知らせた。

「なに、番頭が外に？　いや、勝手にそんな真似《まね》をするはずはない」

主人が顔をしかめて言う。

磯吉はなかなか言い出せなかった。

「ほんとうにどこに行ったのか」

主人がぶつぶつ言いながら、

「誰か、蔵までついて来なさい」

と、声をかけた。

すぐに年嵩《としかさ》の手代が主人のあとに従った。土蔵から、百両箱や小銭箱を持って来るのだ。

ようやく雑巾がけを済ませた磯吉は、水を汲みに行くふりをして車井戸まで行った。そこから、土蔵のほうの様子を窺《うかが》った。

と、悲鳴が上がったので、磯吉は飛び上がった。

手代が叫んでいる。

「誰か、お役人を。たいへんだ。番頭さんが」

番頭さんがどうかしたのだろうか。磯吉は土蔵に走って行った。その土蔵の前で、主人が呆然と立っていた。

土蔵の扉は開いていた。近づいて行っても、主人は気づかないので、不思議に思いながら土蔵の中を見た瞬間、磯吉はあっと悲鳴を上げていた。

近くの自身番に知らせ、それから土地の岡っ引きが駆けつけてきて、奉公人から聞きまわっていると、馬の蹄《ひづめ》の音が聞こえた。

やがて、どやどやと入って来たのは袴に羽織姿、それに笠をかぶった侍たちだ。夜中に訪れた侍を思い出して、磯吉は身を竦めた。

「我らは火盗改めである」

そう言って、土蔵のほうに向かった。

火盗改めは土蔵の中を調べたあとで、主人から事情をきき出した。

そのやりとりを小耳にはさんだ。盗まれたのは二千両らしい。

盗んだのは、夜中に押しかけてきた奉行所の与力や同心たちだ、と磯吉は声に出かった。でも、どうして奉行所の人間が、そんなことをするのかわからない。

主人から話を聞き終えると、奉公人を広間に集めて事情をききはじめた。磯吉は後ろのほうで小さくなっていた。

夜中のことを言うべきか、どうか。しかし、火盗改めの侍が怖《こわ》そうな顔をして、問い詰めるようなきき方をするので、磯吉はつい言いそびれた。

火盗改めが引き上げたあと、番頭さんの死骸が奥の部屋に運び込まれた。

磯吉はその部屋の敷居前に座って、涙をこぼした。番頭さんは、いつも夕方に店を閉じ、後片付けが終わったあと、算盤や読み書きを教えてくれていたのだ。

「やさしい番頭さんだったのに」

後ろから、手代が呟いた。

その声をきいたとたん、磯吉は急に嗚咽《おえつ》を漏《も》らした。

五

その日の午後、剣一郎は神田須田町を過ぎ、昌平橋に向かった。

きょうは十三日。明日からの神田祭を控えて、家々の軒には提灯がかかり、祭の盛り上がりが窺える。

昌平橋に差しかかったとき、橋の袂《たもと》にある柳の木の横に立っている若い武士に気づいた。剣一郎は深編笠を持ち上げて、その武士を見て、ときたま見かける武士だとわかった。

何か思い悩むような様子が、気になった。そればかりでなく、この前は佐兵衛の様子を窺っているように思えたのだ。

行きかけたが、どうしてもそのまま行き過ぎることが出来ず、剣一郎は途中で引き返し、若い侍に声をかけた。

「失礼だが、何かお困りの様子」

はっとしたように振り向いた武士はあわてて、

「いえ、なんでもありませぬ」

と、掠れた声で答えた。

「そうですか」

剣一郎は深編笠をとり、

「江戸の方ではないようだが、どちらから」

と、さりげなくきいた。

服装から勤番者とは思えなかった。袴も薄汚れている。

「相馬《そうま》です」

「ほう、相馬ですか。江戸には誰かをお捜しに？　いや、失礼。じつは、そこもとを何度かお見かけしていましたので」

「それは知りませんでした」

「で、江戸には何用で？」

「たいしたことではありませぬ。江戸に出たついでに、国の知り合いから頼まれたものを土産《みやげ》にと思い、それを探していたのです。でも、どうしても、それを買い求めなければならないというものではないし」

「拙者は、八丁堀与力の青柳剣一郎と申す。率爾《そつじ》ながら、お名前を承《うけたまわ》りたい」

「私は山瀬平馬《やませへいま》と申します」

山瀬平馬は二十四、五と思えた。

「山瀬どの。ひょっとして佐兵衛というひとのことで何か」

剣一郎が名を出すと、山瀬平馬はそれまでと違って警戒したようになり、

「違います。違います。失礼いたします」

と、踵を返して聖堂のほうへ逃げるように急ぎ足で去って行った。

その後ろ姿を見送りながら、剣一郎は今の若侍の目を思い返した。刃《やいば》を呑んだような目の光は、よほどの思いを胸に秘めているに違いない。

剣一郎が気になったのは、山瀬平馬が佐兵衛の身辺を探っているのではないかと思うからだ。

佐兵衛には、あの山瀬平馬につきまとわれる何か事情があるのだろうか。

山瀬平馬の姿が見えなくなってから、剣一郎は湯島横町にやって来た。

佐兵衛の家を訪れると、佐兵衛は喜んで剣一郎を迎えてくれた。

「青柳さま。ようお越しを。さあ、どうぞ」

深い皺のある顔を綻ばせて、佐兵衛は部屋に上がるように言う。

「また、少しお邪魔させてもらおう」

そう言い、剣一郎は部屋に上がった。

「おみつちゃんの姿が見えないが」

剣一郎はきいた。

「また、家内と神田明神に。なにしろ、おみつはお祭りが楽しくてしょうがないようでして」

佐兵衛は苦笑した。

「元気でなにより。母親を亡くし、父親とも離ればなれになった身を心配しておったが、どうやら取り越し苦労というもの」

「さようでございます。その点は、私も安堵いたしております」

「じきに、冬を迎えるが、古市育ちのおみつは寒さはいかがであろうな」

「さようでございますな。私どもは北のほうの出でありますが、昨今の冬の寒さは身北のほうと聞いて、相馬藩出身の若い武士を思い出した。

「つかぬことをきくが、佐兵衛どのはお国はどこかな」

さりげなく、剣一郎はきいてみた。

「はい。出羽《でわ》にございます」

「出羽？」

「はい。庄内《しょうない》で、商売をやっており、江戸とは何度か行き来をしておりました。商売をやめ、江戸に出ました。二十五年ほど前のことになります」

「ご商売は何を？」

「米問屋にございます」

「すると、娘を連れて江戸に出て参ったのか」

「いえ。おとよは実の娘ではありませぬ。江戸に出て、しばらくしてから大火事があり、焼け出されて孤児になったのを、私どもがもらい受けたのであります」

「そうだったのか」

「血のつながりはありませんが、じつの子のように慈《いつく》しみ育てて参りましたから、駆け落ちされたときは深く落胆いたしました」

「そうであろうな」

「おや。帰って参ったようです」

玄関の戸の開く音がし、廊下を駆ける足音と共に、おみつが顔を出した。

「おじさま、いらっしゃい」

「おう、おみつ坊」

愛くるしい顔で、おみつは佐兵衛の横に座った。

佐兵衛は目尻を下げ、

「おみつ。何か買ってもらったのか」

「はい。これを」

おみつは、きれいな千代紙を見せた。

「ほう、きれいだの」

剣一郎はおみつを見ていると、るいの小さい頃を思い出す。

「おじさまに、あとで何か折って差し上げます」

「それは、うれしい」

ふと、おみつは怪訝そうな顔をして、

「おじさま。そのお顔の痣ですけど」

と、言い出した。

「これ、おみつ」

あわてて、佐兵衛は押し止める。

「いや。かまわぬ。この痣がどうかしたのか」

剣一郎は左頬に手をあてた。そういえば、前回もおみつはこの痣を気にしていた。

「この前、悪いひとを捕まえるときに受けた傷跡だとおっしゃっていましたけど」

「うむ。そうだ。そう話したな」

「頬に傷が出来ると、誰でもそうなるのでございますか」

「さあ、どうであろうか。でも、どうしたかな」

「あのひとも……」

「あのひと……」

剣一郎がきいたとき、いきなりおみつが立ち上がって、廊下に出た。

「おみつ。どうかしたのか」

佐兵衛が驚いてきく。

「今、お囃子《はやし》の音が聞こえました」

「おう神田囃子か」

佐兵衛もにこやかに言う。

「おみつ」

おつねがおみつを呼び、はーいと返事をして、おみつは台所に向かった。

そして、酒の支度をするのを手伝い、猪口を運んで来た。

「青柳さま。お口にあいますか」

おつねがそう言い、白菜の漬物を出した。

「これはおいしそうだ」

剣一郎が言うと、おみつが旬の栗の入った器を差し出し、

「これも、召し上がりください」

「うむ。いただこう」

「おみつ。青柳さまにお酌を」

「はい」

おみつは徳利を持った。

「これはかたじけない」

こうやってるいに酌をしてもらったことがあったなと、剣一郎は目を細めながら猪口を差し出した。

「青柳さま。不思議なものでございます。こうして差し向かいでおりますと、私は青柳さまとは永いおつきあいをさせていただいているように思えてまいります」

「私も、そうだ。佐兵衛どののお顔を見ていると、心に安らぎを覚える。ひょっとしたら、私は佐兵衛どのに亡き父の面影を見ているのかもしれない」

「おう、それはまことにかたじけないお言葉。佐兵衛、誠に光栄に存じます。私ども夫婦はついに実の子を儲《もう》けることは出来ませんでしたが、青柳さまにそう言っていただけるのはうれしい限りにございます」

おそらく、おとよが駆け落ちしてから、佐兵衛は夫婦ふたりだけの暮らしに、寂しい思いを募らせてきたのだろう。

気がついたとき、部屋の中は薄暗くなっていた。おつねが行灯に明かりを入れた。

「これはこれは……。つい、話し込んでしまった」

こんな時間になっていたのかと、剣一郎はあわてた。

「ほんに、もう陽が傾いておりますな」

佐兵衛も目をぱちくりさせた。

「まだ、よろしいではありませぬか」

おつねが顔を出して言う。

「いや。私がよそさまの家に行って、こんなに長居をしたことははじめてだ」

剣一郎の剣の師である真下治五郎《ましたじごろう》が向島《むこうじま》に隠居して住んでいて、ときたま遊びに行くが、その師の家でもこれほど長居したことはなかった。

「すっかり、ごちそうになってしまって」

剣一郎は刀を右手に持って立ち上がった。

「そう言えば、青柳さま、その傷を受けられたときの事情を、きょうもお聞きするのを忘れてしまいました。今度はぜひ、そのお話を」

「おう、そうであった」

兄の死の件からの経緯を聞いてもらおうと思いつつ、延び延びになっていた。

「次はぜひ、聞いていただきたい」

おみつの見送りを受けて、剣一郎は佐兵衛の家を辞去した。

昌平橋を渡るとき、ふと、誰かに見つめられているような気がした。さりげなく、辺りを見回したが、すでに周囲は暗くなっていて、怪しい人影は目に入らなかった。

例の若い武士だろうか。家々の軒下の提灯の明かりが輝く須田町の通りに入った頃には、その視線は消えていた。

六

青痣与力こと青柳剣一郎が須田町の通りをまっすぐ歩いて行くのを確かめてから、伊太郎は引き返した。そして、顔を隠すように俯《うつむ》き加減に、昌平橋を渡った。

一日、おみつの顔を見てみたいと来てみれば、青痣与力が佐兵衛の家から出て来るのを目にしたのだ。

青痣与力は佐兵衛の家を親しく訪ねている。その事実に、伊太郎は不安を覚えた。それは、おみつにも会っていることを意味する。

おみつは、菅沼市之進の顔を見ているのだ。頰の青痣も知っているのだ。そのことを、青痣与力に話したら……。

それは考えすぎかもしれないが、用心にこしたことはない。

再び湯島横町にやって来て、佐兵衛の家の前を素通りする。なんとか、おみつに会い、あのことは決して誰にも言うなと言い含めておかねばならない。

そう思ったのだが、おみつの傍には、常に佐兵衛かおつねがおり、その機会を摑むのは難しそうだ。

しばらく、佐兵衛の家を見張っていた。すると、おつねに手を引かれ、おみつが出て来た。

伊太郎はあわてて、路地に身を隠した。

ふたりをやり過ごしてから、伊太郎はあとを追った。

夕方に差しかかる頃で、ふたりが向かったのは近所の惣菜屋だった。

おみつは元気そうな顔をしていた。そのことでは安心したものの、青痣与力の件では胸が騒いだ。

ふと、神田囃子が聞こえてきた。いよいよ、明日は神田祭の宵宮だ。

江戸に出発する前、おみつには神田祭の話をしてやった。

「おっかさんと知り合ったのも神田祭の日だった」

そう、おみつに話してやった。

神田明神の境内で、おとよと出会ったのだ。そのとき、おとよは十六歳、伊太郎は二十一歳だった。

孤児だった伊太郎がまっとうな道を歩めるはずはなかった。いつしか、ごろつきの仲間に加わり、世間の裏を泳ぐようになっていた。そんな伊太郎にとって、おとよは心のよりどころになった。

神田祭の日、おとよと朝早く待ち合わせをし、湯島聖堂前から神田囃子の響きの中を、木遣《きや》りを唄いながらの手古舞《てこまい》を先達に山車《だし》が出発するのを見物したものだった。氏子の数六十四、各町ごとに山車を持ち、その山車に付屋台や飾屋台などの練り物がつき、勢ぞろいをして江戸市中を練り歩くのだ。

大伝馬《おおてんま》町の諫鼓鶏《かんこどり》太鼓の山車を一番に、南伝馬町の猿舞《さるまい》が続いて、三十六番の松田《まつだ》町の源 頼義《みなもとのよりよし》人形の山車まで順次巡行に出発する。唄、三味線、囃子、踊り子たちが山車屋台の上で芸を演じる。

そういう話を目を輝かせて聞いていたおみつは神田祭を見ることに期待を膨らませていたのだ。

さぞかし、おみつは心を躍《おど》らせて、山車の巡行を見るに違いない。

惣菜屋には先客がいて、おつねとおみつは順番を待っている。

伊勢の駒蔵は、どうしても、あと一つ、本郷《ほんごう》三丁目の質屋『山川屋《やまかわ》』を襲うと意気込んでいる。

十三年前、当時は錠前殺しの富蔵と異名をとった、今の伊勢の駒蔵は、『山川屋』に押し入ろうとして、火盗改めの急襲を受けたのだ。

そのため仲間は捕まり、ひとり駒蔵だけは逃れ、伊勢に向かった。

そのときの恨みを晴らすことも、今回江戸に来た目的の一つだと、駒蔵は言うのだ。

だが、『山川屋』への押込みの前に、菅沼市之進のことが青痣与力にばれたらもう万事休すだ。

そのためにも、おみつの口をなんとか封じなければならない。

惣菜屋を見ると、ようやく番が回り、おつねが買物をしている。その後ろに、おみつがいる。おみつ、こっちを向け、と伊太郎は念じた。

だが、おみつはこっちに顔を向けようとしなかった。

そのうちに、おつねとおみつは家に引き上げて行った。

伊太郎はやむなくその場を引き上げ、夕暮れて往来するひとのせわしい足取りにつられたように、両国橋を足早に渡った。

北森下町の隠れ家に帰って来た。

駒蔵の姿が見えない。

「親分は？」

徳利を抱えて酒を呑んでいた助八にきく。

「『伊勢屋』ですぜ」

『伊勢屋』は佐賀《さが》町の味噌問屋だ。そこの主人の為右衛門《ためえもん》は駒蔵の古い知り合いらしい。為右衛門は今でこそ、味噌問屋の主人に収まっているが、もとはならず者だったのであろう。うまく婿《むこ》に入り込んだということらしい。

「伊太郎兄い。なんだか、屈託がありそうな顔だが、どうかしたのかえ」

助八が訝《いぶか》しげにきいた。

「いや、なんでもねえ」

「そうか。子どもの顔を見てきたんだったっけ」

納得したように、助八は言う。

ともかく、もう一度、明日、おみつのところに行ってみようと、伊太郎は思った。

七

その夜、剣一郎の屋敷の縁側に十三夜の供え物が飾られた。

「ついこの間、十五夜をやったと思っていたが」

供え物はほとんど十五夜と同じだが、十五夜は団子の数が十五個なのが、今宵は十三個。それに、餡ではなく黄粉《きなこ》で食するのが異なるだけだ。

十五夜をして、十三夜をしないのは片月見といって、忌み嫌うのである。

夜が深まり、月もさえざえと輝いてきた。

思ったとおり、橋尾左門がやって来た。

「すまぬ。また、来てしまった」

「お待ちしておりましたよ。さあ、どうぞ」

多恵が左門に座を勧めた。

十五夜のときと同じように、るいの奏《かな》でる琴の音を聞きながら、剣一郎は竹馬の友の橋尾左門と酒を酌み交わした。

るいの琴の調べが終わって、しばらく余韻に浸《ひた》っていた左門が、ふいに盃を置いてから厳しい顔を向けた。

「きのう、また錠前殺しの富蔵が現れた」

「なに、富蔵が？　これで三度か」

富蔵の仕業と思われる押込みについては、剣一郎も知っていたが、きのうの件はまだ耳に入っていなかった。

「被害があったのは芝露月町の仏具店『寺本』だ。やはり、番頭が土蔵の中で殺されており、錠前には富蔵の印が残されていた」

左門が目に怒りを浮かべて言う。

錠前殺しの富蔵については、剣一郎も知っている。当時、当番方与力だった剣一郎は検使与力として、押込みのあった現場に駆けつけたことがあった。

一味のひとりが塀を乗り越え、裏口の戸の鍵を外し、そこから他の仲間が侵入する。そして、富蔵が土蔵を破り、金子を盗んでいく。このとき、顔を見られたら、その者を殺し、死体を土蔵の中に投げ入れて、土蔵の扉の錠前をかけて逃亡する。

それが、富蔵のやり口だった。

「当時、富蔵が押し入ったのは中ぐらいの商家ばかりだった。しかし、今度、被害に遭ったのは三軒とも大店《おおだな》であり、豪商と呼ばれるほどの商家だが」

剣一郎は疑問を口にした。

「そうなんだ。最初は日本橋小網町の『若狭屋』、次は深川冬木町の『木曽屋』、そして、『寺本』。いずれも、これまで押込みに狙《ねら》われたことのない所だ。なにしろ、鋭い忍び返しのついた高塀、戸締りの厳重さで知られた商家だ。そこがあっさり押込みにあったということで、驚いている」

「火盗改めのほうでも探索は行き詰まっているのか」

「そうだ。だいぶ躍起になっているようだが、手掛かりはつかめないらしい。なにしろ、肝心の侵入方法がわからないのだからな」

「侵入方法か」

「奉公人の中に手引きをした者がいたのではないかと疑っているようだが、その可能性は少ない。もちろん、あの塀を乗り越えたとは思えない」

うむと、剣一郎は顎《あご》に手をやった。

左門は手酌で酒を注いでから、

「たぶん、おぬしの出番になるだろう」

と呟《つぶや》いたあと、すぐに言い直した。

「いや、おぬしの力を借りねばならぬ」

剣一郎はふと夜空に目をやったが、月は叢雲《むらくも》に隠れていた。


翌日、剣一郎が出仕すると、見習い与力の坂本時次郎がやって来て、宇野清左衛門が呼んでいると言った。

はてと、剣一郎は訝った。岡部忠太郎のことで、また何か問題でもあったのかとの不安が掠《かす》めた。

あのときの言葉どおり、岡部忠太郎はおちせと弥助をいっしょにさせ、その仲人まですることにしたと聞いている。

妻女の久野との誤解が解け、岡部忠太郎は心を入れ替えたらしい。いずれ、どこぞから養子をもらう決心もついたようだ。

もう、岡部忠太郎のことでの懸念は何もないはずなので、宇野清左衛門の呼出しに、微かに戸惑いを覚えながら、剣一郎は年番方与力の部屋に向かった。

宇野清左衛門は、剣一郎に気がつくと、すぐに立ち上がってやって来た。

「向こうに行こう」

宇野清左衛門は空いている部屋に、剣一郎を連れて行った。

差し向かいになると、宇野清左衛門はまず、岡部忠太郎の件の礼を言い、それから、厳しい顔つきをさらに苦《にが》くして、

「きょう来てもらったのは他でもない。最近、市中にて立て続けに起こった押込み事件の件だ」

「はい」

おぬしの力を借りなければならぬと言った橋尾左門の言葉を思い出した。

「十三年前まで江戸を騒がせていた錠前殺しの富蔵の手口と似ているというので、火盗改めが乗り出した。だが、ついに一昨日三件目の押込みが発生した」

「そのようですね」

一昨日の事件については、きのう、橋尾左門から聞いたばかりだった。

「この先、まだ事件が起こる可能性もある。今、植村京之進が火盗改めに遠慮しながら探索を続けておるが、京之進より青柳どのの手を借りたいと言って来たのだ。すまぬが、手を貸してはもらえぬか」

犯罪の取締り、探索などを行うのは定町廻りをはじめとする三廻りの役目であり、与力の剣一郎がかかずらうことはなかった。

しかし、最近は剣一郎は与力でありながら、ひそかに定町廻り同心の援助をするという特命を受けることが多くなった。

それだけ、剣一郎は事件探索の能力を買われているのであった。

「なにしろ火盗改めのやり方は乱暴を極めておる。内部に引き込みをしたものがいるのではないかと、怪しいとみたら奉公人をどしどし連行しては拷問にかけているらしい。奉行所にも何とかしてくれと、被害に遭った商家から訴えが届いている始末だ」

宇野清左衛門は苦い顔で言う。

「錠前殺しの富蔵に対して、火盗改めは、そうとう躍起になっているようですね」

「そのために、被害に遭った商家は、番頭らを連れて行かれ二次的な被害をもこうむる形になっている。火盗改めのやり方を批判するためにも、出来ることなら、奉行所で解決させたい」

「わかりました。京之進とともにやってみましょう」

「頼む。青柳どの」

と、宇野清左衛門は頭を下げた。


剣一郎は同心詰所に行った。すると、年寄同心から話が伝わっていたのか、京之進が剣一郎を待っていた。

「今、宇野さまより、京之進に手を貸すように言われて来た」

剣一郎は経緯《いきさつ》を話した。

「ありがとうございます。心強い限りにございます」

「まず、事件についてわかっていることを教えてもらおうか」

「はい」

京之進はいきいきと『若狭屋』の事件から説明をはじめ、『木曽屋』、そして『寺本』へと話を進めた。

聞き終えてから、剣一郎は、

「わかった。とりあえず、わしはまず『若狭屋』と『木曽屋』、それから小料理屋『お芳』の女将に会って来る。夜、落ち合おう」

「わかりました。どこへお伺いすれば？」

「そうだな。わしの屋敷に来てもらおうか」

「畏まりました」

京之進は奉行所を出て行き、剣一郎はいったん与力部屋に戻り、風烈廻りの役務を、礒島源太郎と只野平四郎に頼み、着流しで、町に出た。

剣一郎が向かったのは、日本橋小網町二丁目の海産物問屋『若狭屋』である。

鎧河岸を行くと、『若狭屋』の大きな店は目立った。

手代らしき男に主人への取次ぎを頼むと、いったん奥に引っ込んだ手代が剣一郎を客間に案内した。

待つ間もなく、若狭屋がでっぷりした体を運んで来た。

「これは、青柳さま」

「このたびはとんだことであった」

剣一郎は災難の見舞いを口にしてから、

「ところで、火盗改めに連れていかれた大番頭はいかがしたか」

と、きいた。

「はい。数日前にやっと帰されました。ですが、相当、厳しい取調べを受けたようで、顔は腫れ、体中に痣が出来ておりました」

「そうか」

激しい拷問責めにあったものと思える。

「で、疑いは晴れたのか」

「はい。一昨日、芝露月町の仏具問屋が襲われたことで、ようやく疑いが晴れたようにございます」

「何日も囚《とら》われの身で、ひどい目に遭ったな」

「何の罪もないものを……。あっ、これは失礼いたしました。なにしろ、二番番頭と手代が殺され、その上、大番頭まで捕らわれたのですから、私どもにとっては踏んだり蹴ったりでございます」

若狭屋は怒りを抑えて言う。

「さもあろう」

剣一郎は頷き、

「ところで、殺された手代が戸締りの一切を取り仕切っていたのだな」

「はい。最後の確認は私がいたしました。あの夜も、ちゃんと戸締りがしてあるのを確かめております」

「もし、夜中に訪れる者があれば、誰が潜り戸を開けるのか」

「手代の松吉にございます。ただし、その前に、私を起こすことになっておりますが」

「どんなに夜が遅くともか」

「はい」

「番頭を起こし、松吉とふたりの考えで戸を開けたということは考えられぬか」

「たとえば、火事だとか、よほどの緊急の事態が起こった場合としか考えられません」

「なるほど」

　夜中に訪問者があり、松吉が潜り戸を開けるか開けないかの判断を番頭に仰いだ。そう考えたとしても、いったい賊はどんな口実を用意していたのか。

　最後に、庭に行き、土蔵を見てから、剣一郎は『若狭屋』を出た。

　その足で、伊勢町河岸に向かった。

　きょうは神田祭の宵宮で、人通りが多い。町中のどこかしこにも浮かれ気分が満ちていた。

小料理屋の『お芳』はすぐにわかった。まだ暖簾《のれん》のかかっていない戸障子を開けると、女将らしい女が土間を掃除していた。

「あっ、青柳の旦那でございますね」

左頬の青痣を見たのだろう、女将が箒《ほうき》を動かす手を止めた。

「およしか」

「はい。よしにございます」

「そのほうのよい男が、火盗改めに連れて行かれたそうだが」

「はい。ほんとうにいい迷惑でございましたよ」

「今、どこにいる？」

「二階で、まだ唸っています。拷問を受けたあとがたくさんありました。帰って来たときは、高熱で一晩中唸ってました」

およしは憤慨した。

「容疑は晴れたのだな」

「ええ、晴れましたとも。その代わり、半殺しの目に遭って」

およしは悔しそうに歯嚙みをし、

「火盗改めって、なにしてもいいんですかえ。冗談じゃありませんよ」

「そなたの気持ちはよくわかる」

結局、剣一郎はおよしをなぐさめてから、そこを引き上げた。

間夫に会うまでもない。火盗改めが無関係と判断したのだ。特に、きき出すこともなかった。

それから、剣一郎は再び、鎧河岸の『若狭屋』の前を通り、永代橋を渡って、仙台堀沿いの冬木町へと向かった。

材木問屋『木曽屋』の店先にいた丁稚に声をかけ、主人を呼んでもらった。

やがて、羽織姿の木曽屋がやって来た。四十年配の男だ。

「青柳さま。どうぞ、こちらに」

「いや。すぐ済むことだ。こちらでは、誰か火盗改めに連れて行かれた者はいたのか」

「はい。手代のひとりが連れて行かれました」

「そのわけは？」

「その者は手慰《てなぐさ》みを……。いえ、決して大きく賭けたり負けたりしているわけじゃありません。ただ、得意先の若旦那に誘われて断りきれずに行っていた次第です」

「で、その手代は今は？」

「きのうの夜帰されて来ました」

「疑いが晴れたのだな」

「当たり前でございます。もともと、怪しいところがあったわけではありません」

木曽屋も、火盗改めへの不満を口にした。

「すまぬが、庭を見せてくれ」

「はい。こちらでございます」

土間に入り、通り庭から庭に出て、土蔵の前に行った。それから、忍び返しのついた塀を見て、剣一郎は『木曽屋』を出た。

被害に遭った二つの商家を見ただけだが、戸締りの掛かりの者が共に殺されているのは、その者が賊の顔を見たからであろう。

帰りは、再び、永代橋を渡って、八丁堀の屋敷に戻った。


その夜、五つ（八時）頃、京之進がやって来た。

庭に面した部屋で、剣一郎は京之進と差し向かいになった。

「『若狭屋』と『木曽屋』を見てきた。やはり、賊は潜り戸を開けさせて入ったものと考えたほうがよいな」

「して、どうやって、開けさせたのでしょうか」

「番頭や手代は、深夜の来訪者を、どんな条件なら入れるだろうか」

「そうですね。親戚の者、得意先、あるいは……」

あっと、京之進は声を上げた。

「役人……」

「そうだ。役人だ。だが、いくら、八丁堀だと名乗っても、覗き窓から姿を確認するはずだ。同心のなりを真似ていたら、戸を開けてしまうだろうか」

「覗き窓に十手を見せたら」

京之進が叫ぶように言った。

「そうだ。それかもしれん。だが……」

剣一郎は腕組みをした。

「三軒の商家の奉公人とも、十手に何の疑いも持たなかったのか。一軒ぐらい、疑いを持って主人を呼びに行こうとしなかったのか」

剣一郎と京之進は考え込むことが多くなり、いつしか夜も更けて行った。

第四章　恩誼《おんぎ》

一

伊太郎は湯島横町から御徒町《おかちまち》を抜け、三味線堀を過ぎた。きょうは九月十四日、神田祭の宵宮で、神田周辺はずいぶん賑わっていたが、この辺りからだんだん祭の浮き立つ気分は見られなくなってきた。

伊太郎は駒形町にある料理屋の玄関を入った。

二階座敷に行くと、伊勢の駒蔵がひとりで酒を呑んでいた。

「おい、伊太郎。どうした？　なんだか思い悩んでいるような面だぜ」

駒蔵が盃を持ったまま、眉を寄せてきいた。

「へい。じつは、ちょっと気になることがありやして」

「気になること？」

「へい」

「なんだ、言ってみろ」

「へい。じつは、青痣与力が相変わらず、佐兵衛のところに出入りをしているようなんです」

「佐兵衛とは、おめえの嬶《かかあ》の父親だったな」

「へい」

「それが、どうして気になるのだ？」

「江戸に下る道中で、おみつが何度か菅沼市之進を見かけているんですよ。青痣与力の頬を見て、旅で見かけた男のことを思い出して、そのことを青痣与力に喋らなきゃいいんですが」

駒蔵は口に運びかけた盃を元に戻し、

「あと一軒、本郷三丁目の質屋『山川屋』だ。ここはどんなことがあってもやる。それさえ済めば、江戸とおさらばだ。もう、船の手配は済んでいる」

と、眼光鋭く言った。

錠前殺しの富蔵と異名をとる以前の仲間で、今は味噌問屋『伊勢屋』の主人になっている男が、金の輸送と一味を大坂に運ぶ手筈を整えてくれたのだ。

味噌樽の中に、盗んだ金を隠して偽装し、樽回船で大坂まで運ぶという。

ただし、礼金が一千両。したがって、あと、二千両を盗まなければ、仲間ひとり頭に一千両にはならないのだ。

「僅《わず》かな気がかりでも捨てておくと、命取りになることがある。なんとかしねえといけねえぜ、伊太郎」

「へえ」

「なんでえ、ずいぶん気のねえ返事じゃねえか」

「いや、そんなことはねえ」

ついうっかりおみつのことを口にしてしまったのを後悔した。すでに三軒の押込みを成功させ、手に入れた額が全部で六千両になる。

もうここで打ち止めにしてもいいのではないかと思ったが、駒蔵はあくまでもひとり頭一千両にこだわっているのだ。

いや、それだけではなく、駒蔵は是が非でも『山川屋』をやらねばならぬという復讐心に燃えているのだ。

「親分。しばらく、青痣与力を尾行して、様子を探ってみますよ」

おみつのことで何か言われる前に、伊太郎は先に言った。

「うむ。ふつうなら、向こうがこっちのからくりに気づくには、当分時間がかかるはずだ。だが、菅沼市之進の存在が知れたら、それも一挙に崩れる」

「わかっておりやす」

そこに、障子に影が射し、

「お連れさまがお見えです」

という女中の声がした。

「おう、入れ」

駒蔵が言うと、障子が開き、商人体の恰好をした助八が入って来た。

「ごくろう」

助八は部屋に入り、

「これは、伊勢屋の旦那。今宵はお招きに預かり、ありがとうございます」

女中の耳を意識して、助八が丁重にわざとらしく挨拶をする。

女中が去ってから、

「向こうは賑やかですぜ」

助八は本郷三丁目まで様子を見に行って来たのだ。

「きょうは宵宮か」

駒蔵は目を細めて呟く。

「もう、町中が祭に浮かれていますぜ」

「おかげで、こっちは静かだ」

　ここ駒形のある浅草近辺は神田祭と張り合う三社祭《さんじゃ》がある。三社祭は三月であり、そのときは神田祭に勝るとも劣らぬほどに盛り上がるのだ。

　しかし、きょう明日はすべての話題を神田祭にとられ、この一帯は息を潜めているのだった。

「『山川屋』はどうだ？」

「へい。あそこは今まで以上の頑丈な塀ですぜ。忍び返しも半端じゃねえ」

　そういう助八の顔には余裕があり、聞いている駒蔵も含み笑いをしている。そういうことは押し入るのに何の障りにもならないからだ。

「ほんとうに、伊太郎、おめえはいい人間を見つけてくれたぜ」

　駒蔵が言うと、軽業師崩れの助八が少しだけ真顔になり、

「ほんとうは、俺の腕を見せたかったんだがな」

　と、言う。

「なあに、おめえの技は伊勢に帰ってから、また使わせてもらうさ。だが、しばらくはのんびり過ごすことになりそうだがな。だいぶ金も手に入ったからな」

駒蔵は今度は声を出して笑ったが、急に真顔になり、

「いいか。最後のお勤めだ。気を引き締めてかかるんだ」

と、念を押した。

五つ半（九時）になり、駒形堂の近くにある船宿から船に乗り、北森下町の隠れ家に引き上げた。


翌日、伊太郎は楓川の海賊橋を見渡せる町角に身を隠し、青痣与力がやって来るのを待ち構えていた。

賑やかな声が遠くに聞こえた。

湯島聖堂の前に集結した各町の山車が、今朝早く大伝馬町の諫鼓鶏太鼓の山車を一番に、南伝馬町の猿舞が続いて、順次巡行に出発した。家々の屋根の上に、山車や飾屋台、さらには幟《のぼり》などが連なって行くのが目に見えるようだった。

青痣与力が海賊橋を渡って来た。おやっと思ったのは、いつもは裃、袴姿で、従者を引き連れているのだが、きょうは着流しに巻羽織、そして単身だった。

青痣与力を見送り、しばらく経ってから、伊太郎はあとをつけた。

京橋を渡り、銀座、尾張町、そして新橋を渡った。

芝へ向かうのだと、伊太郎は思った。

案《あん》の定《じょう》、青痣与力は芝露月町の仏具問屋『寺本』に入って行った。

なぜ、青痣与力が……。まさか、からくりがばれたのか。いや、そんなはずはない。

菅沼市之進の顔を見た番頭は仕留めたのだ。『寺本』で、からくりがわかるはずはない。そう思いながらも、青痣与力がなぜ、と伊太郎は頭の中が忙《せわ》しく動く。

そのとき、稲妻にその姿が浮かび上がったように、一瞬、ある光景を思い出した。土蔵の前から逃げるとき、菅沼市之進が植込みのほうを気にしていたのだ。まさか、あそこに誰かが潜んでいたのでは……。

伊太郎はすぐに引き返し、このことを、駒蔵に知らせに行こうとしたが、思い止まり、もう少し様子をみようと、『寺本』を見渡せる場所に立った。

二

『寺本』の土蔵を見てから、剣一郎は店先に戻った。

「夜、表戸を叩くものがあれば、殺された番頭が出て行っていたのだな」

剣一郎は『寺本』の主人にきいた。

「はい。さようでございます。そのために、帳場のすぐ裏側に番頭の部屋がございます」

小柄な主人は悄然《しょうぜん》と答える。

「あの夜、誰かが訪ねて来たはずだが、誰も気づいたものはおらぬのか」

剣一郎はそこに居合わせている奉公人たちに目をくれた。

皆、深刻そうな顔をしている中で、ひとりうしろのほうに隠れるようにしていた丁稚が体を小刻みに震わせていた。

剣一郎は不審に思って、その丁稚の傍に行き、

「そなた、何か気づかなかったか」

と、声をかけた。

びくっとしたように、その丁稚が顔を上げた。

激しく首を横に振り、丁稚は怯《おび》えたように身を竦《すく》めた。

「この者は磯吉と申します。毎晩、遅くまで、殺された番頭から算盤や読み書きを教わっていたので、今回のことがかなり堪えたようでして」

主人がしんみり言う。

「そうか」

そう答えたが、剣一郎には磯吉の態度が異様に思えた。

それで、磯吉だけを外に連れ出した。

磯吉は俯いたまま、剣一郎のあとについて来た。

店の裏手に来てから、

「磯吉というそうだの」

と、静かにきいた。

「はい。磯吉でございます」

声は震え、極度に緊張しているのがわかった。

「そなた、何か知っているのではないか」

その場に立っていられないほどに、磯吉はがたがた震え出した。

「磯吉。ここなら誰もいない。知っていることがあれば、なんでも話してみろ」

「は、はい……」

しゃがみ込みそうになった磯吉に手を差し伸べ、剣一郎は、

「怖いことはない。心配するな」

と、穏やかに説いた。

「磯吉、そなたは深夜の客を見たな。そうであろう」

直感が閃《ひらめ》き、剣一郎は鋭くきいた。すると、磯吉は口を半開きにし、何か言ったが、声にならない。

「磯吉。落ち着いて話せ。急がなくてもよい」

「は、はい」

磯吉は自分の胸をさすり、落ち着かせようとした。

「あの夜遅く、表戸を叩く者がいた。番頭が出て行って潜り戸を開けた。それを、そなたは見ていたのであろう。違うか」

「はい」

と答え、磯吉は大きな息を吐いた。

それで、いくぶん落ち着いたのか、たどたどしいながらも磯吉は語りはじめた。

「厠から戻ろうとしたとき、戸を叩く音が聞こえ、番頭さんが出て行きました。誰だろうと梯子段の途中から覗いていると、番頭さんは覗き窓から外を見て、急いで錠を外したのでございます」

「うむ。なるほど。それで」

磯吉が話しやすいように、剣一郎は静かな声で合いの手を入れる。

「一番最初に入って来たのは、火事場頭巾をかぶった袴姿のお侍さんでした」

「なに、火事場頭巾？」

「はい。お役人さんだと思います。顔は暗くて見えませんでした」

「うむ。それで」

「その後ろから、同心のようなお侍さんに岡っ引きのような尻端折りをした男が入って来ました。全部で七名ぐらいおりました」

やはり、賊は与力、同心の扮装をしていたのか。しかし、それだけで、番頭はいとも簡単に戸を開けてしまったのか。

「それから、どうしたんだね」

剣一郎はわざとゆっくり口をきいた。

「はい。火事場頭巾のお侍さんが番頭さんに何か言うと、番頭さんが土蔵のほうに案内しました」

「そなたは、つけたのか」

「はい。少し経ってから、土蔵のほうに行ってみました。すると、土蔵のほうから戻って来る気配がしたので、あわてて植込みの陰に隠れました。そしたら、重たいものを担いだ男が裏口に向かいました。火事場頭巾のお侍さんが、途中で立ち止まって、じっと植込みのほうを見ていました」

　磯吉がそのときの恐怖を思い出したのか、一瞬怯えたように肩をすくめた。

「最後にやって来た男が、声をかけると、お侍さんはそのまま裏口のほうに走って行ったのでございます」

　磯吉は半べそをかいていた。

「やはり、顔は見えなかったのだ」

「はい。翳《かげ》になっていました」

「うむ。それから？」

「少し待っても、番頭さんがやって来ません。それで、土蔵のほうに行ってみました。でも、番頭さんの姿は見えません。土蔵は扉が閉まり、錠前に鍵がかかっていましたので、不思議に思いましたが、そのまま寝床に戻ってしまいました。次の日、大騒ぎになりましたけど、怖くて、言い出せなかったのです。火盗改めがやって来ましたが、なんだか、賊のような気がして……」

「よく話してくれた。もう、気にすることはない」

「ほんとうでございますか」

「そうだ。ただし、今のことは誰にも話すではない。よいな」

「はい。話しません」

「うむ。そなたは番頭さんにずいぶんと可愛がってもらったようだな」

「はい。いろいろなことを教えてくれました。いいひとでした」

磯吉は涙ぐんだ。

「きっと、仇《かたき》はとってやる。さあ、もう行っていい。しっかり働いて、番頭さんのようになるのだ。よいな」

「はい。ありがとうございます」

磯吉が小走りに店に戻った。

やはり、賊は八丁堀与力、同心になりすまして戸を開けさせたのだ。だが、ひとり、火事場頭巾の侍とは何者か。なぜ、そのようなものを被っているのか。浪人髷《まげ》を隠すためだけだろうか。

剣一郎は商家の立ち並ぶ通りに出て、帰路についたが、目の前を行く青梅縞《おうめ》の着物姿の若い男に注意が引き付けられた。

その男の前方に、羽織姿の商家の主人ふうの男が歩いて行く。

掏摸《すり》だと、剣一郎は直感した。

青梅縞の男が商家の主人に近づき、そのまま追い抜いて行った。いったん、姿を消した男は今度は向こうからこっちに向かってやって来た。

剣一郎も足早になり、商家の主人の近くに寄った。俯き加減に迫って来た青梅縞の男はさりげない感じで顔を上げた。

その瞬間、あっと叫び、青梅縞の男はあわてて商家の主人から離れた。

剣一郎の顔が男の目に入ったようだ。

青梅縞の男はばつが悪そうな顔で、

「旦那。どうも」

と、頭を下げた。

「あの旦那を狙っていたのか」

剣一郎が言うと、青梅縞の男はあわてて、

「とんでもありやせん。あっしは何も」

と、言い訳をした。

「本来なら、わしは姿を隠し、その場で捕まえてもよかったのだが」

「旦那。勘弁してください。この前の大木戸の前でのことだって、ちょっとした間違いだったんですから」

「大木戸？」

「ほら、高輪の大木戸の前で。旦那に手をひねり上げられたときには生きた心地はしませんでしたぜ。あれから、あっしは心を入れ替えたんですから」

懸命に言い訳をしている男の言葉を聞きとがめた。

「今の話はどういうことだ？」

「えっ、旦那。覚えていなさらないんですかえ。いやだな、あっしはちょっと魔が差してひとさまの財布を失敬したのですが、へまをしちまって気づかれた。そこで、浪人の懐にその財布を入れようとして手を摑まれたんですよ。まさか、青痣与力が浪人の恰好でいるとは思いませんでしたから」

「どうして、青痣与力だとわかったのだ」

「えっ、どうしてって。そりゃ、その頰の痣ですよ」

「そなたは、わしの顔を知っているのか」

「いえ、見たことはありませんが、頰に青痣のある与力の名はあっしでも知っていますさあ。あっしらの仲間内でも、そういう情報は入っていますからね」

「おい掏摸」

「いやだな、人聞きが悪い」

「わしの顔をよく見ろ」

「えっ」

「いいから、よく見ろ。大木戸前で会った男の顔と比べるんだ」

「そんなこと言われたって」

掏摸の男は怪訝そうな顔で、剣一郎の顔を見た。

「どうだ、そのときの男と似ているかどうか」

「あっしはただ頬の痣を見て……」

掏摸の男の顔つきが変わった。男は手を自分の右頬に当てた。

「あっ、違う」

「何が違うのだ」

「その男、確かに頬に青痣があったが、右頬だった」

「右頬に青痣……。その浪人の特徴は？」

「へえ。歳の頃は、三十過ぎ。いや、あれで案外もう少し若いのかも。旦那ぐらいの背格好で、目つきがもっと鋭かったような気がします」

「わかった。よいか。早く、足を洗え。そうじゃないと、三尺高い所にその首を晒《さら》す羽目になる」

「へい」

男を諭《さと》してから、剣一郎は複雑な思いで、大通りをひた走った。

火事場頭巾をかぶった男は、右頬に青痣のある浪人に違いない。おそらく、その浪人は覗き窓に向かって青痣を見せ、青痣与力である、緊急の手配だと偽り、戸を開けさせたのではないか。

秘密の探索だから、家人を起こさないようにと言い含めて土蔵に案内させた。最初から、顔を見られている相手を始末するつもりだったのだろう。

数寄屋橋御門内の南町奉行所に辿り着くと、剣一郎は取るものもとりあえず、宇野清左衛門に会った。

そして、事のあらましを告げ、

「すぐに、各商家にお触れを。と同時に、主だった大店には手分けをして注意を呼びかけるように」

と、訴えた。

「あい、わかった」

宇野清左衛門はただちに町年寄に招集をかけた。

町年寄は江戸町人の総元締めであり、樽《たる》屋、奈良《なら》屋、喜多村《きたむら》の三家である。この町年寄の下に名主がいる。

奉行所のお触れは、町年寄から各町の名主、そして月行事の家主へとただちに伝わる。こうやって、押込みへの用心を知らせるのだ。

夜中に、青痣与力と称する者、あるいは頬に青痣のある者が押しかけてきても、それは怪しい人間であるから、戸を開けないようにという内容だった。


夕方になって、剣一郎は植村京之進と隠密廻りの作田新兵衛を呼んだ。

「そなたは、十三年前、錠前殺しの富蔵の探索に関わっていたそうだの」

「はい。当時も火盗改めと張り合った覚えがございます」

「富蔵が江戸を逃れたのには、どういう経緯があったのだ？」

「それは偶然だったのです。火盗改めの同心が、たまたま富蔵一味が押込みを働く現場に行き合わせたのです。一味のうちほとんどが捕まりましたが、富蔵だけが逃げ失せました。富蔵はそのまま江戸を離れたようです」

「なるほど」

剣一郎は富蔵の性格を考えた。錠前に印を残すのは自己顕示欲が強いからであろう。ある意味、正体を明かしたことに他ならない。なぜ、そんな危険な真似をするのか。それは負けん気の強さをも示しているのではないか。火盗改めや町方に対する挑戦だ。

ただ、気になるのは、短期間で立て続けに三軒の押込みを働いていることだ。富蔵はそう長く江戸にいるつもりはないのかもしれない。

ひょっとして、この三軒で打ち止めにし、再び江戸を離れるつもりか。

いや、と剣一郎は先走って考えるのをやめ、もう一度、富蔵の性格を考えた。自己顕示欲が強く、負けん気が強い。

今度、江戸に舞い戻ったのは、火盗改めに仕返しをするという思いもあったのに違いない。だとすれば、押込みに失敗した商家にもう一度狙いを定める可能性もある。

「富蔵が押込みに失敗した商家はどこだ？」

「はい。本郷三丁目にある質屋『山川屋』にございます」

「念のためだ。『山川屋』に見張りを」

剣一郎は京之進に自分の考えを話した。

三

その夜、北森下町の隠れ家に帰った伊太郎は、伊勢の駒蔵に、

「親分。どうやら、まやかしの青痣与力のことがばれちまったようだ」

「なんだと」

駒蔵が目を剝いた。

「きょう、青痣与力が『寺本』に行った。そこで、丁稚の小僧からいろいろ話を聞いていた。それだけじゃねえ、菅沼の旦那を青痣与力と間違えた掏摸に出会った」

伊太郎は高輪大木戸の前での出来事を話した。

「あのときの掏摸か」

菅沼市之進が顔をしかめた。

「ちくしょう」

駒蔵は吐き捨てたが、すぐに残忍そうに目を光らせ、

「だが、まだ菅沼さんのことがわかったわけじゃあるめえ。念には念を入れるぜ」

と、伊太郎に目をやった。

「親分。まさか」

伊太郎ははっとした。

「そうだ。そうでもしなきゃ、俺たちが危うくなる」

「待ってくれ」

伊太郎は悲鳴のように叫んだ。

「うろたえるな。命までとろうと言うんじゃねえ。おみつをかどわかして、仕事が終わり、俺たちが逃げるまで、じっとさせておくだけだ」

しかし、それでも、おみつの自由を奪い、恐怖を味わわせることには変わりはない。

「親分」

伊太郎は訴えるように身を乗り出した。

「おみつが喋ると決まったわけじゃねえ。放っておいても何の問題もねえ」

「だめだ」

「それより、これで打ち止めにして、江戸を離れたほうがいいんじゃねえですかえ」

「予定どおり『山川屋』はやる」

なぜ、それほどまでに、『山川屋』にこだわるのか。十三年前、江戸を逃げるきっかけになったのが『山川屋』への押込みの失敗だったとしても、そんな理由で、押込みをするのはかえって危ういのではないか。

そう喉元まで出かかったとき、駒蔵が狂気に満ちた目を向けた。

「伊太郎。本来なら、子どもを殺さなきゃならねえところだ。それをおめえの子だから、命ばかりは助けようというのだ。つべこべ言うんじゃねえ。いいな」

「へい」

伊太郎は黙って引き下がるしか術《すべ》はなかった。

「助八」

「へい」

「おめえ、牛松と音松を連れて、行って来な。念のためだ。鎌田さんもいっしょしてくれますかえ」

「わかった」

鎌田三蔵が刀を摑んだ。

「伊太郎、案内してやれ。いいか、おめえはあくまでも案内だけだ」

「へい」

駒蔵は助八と力持ちのふたりに、おみつのかどわかしを命じた。伊太郎に手出しをさせないのは、父娘の情に負ける危惧を考えたのだろう。

「で、いつ、やるんですかえ」

助八が口許を歪めた。

「早いほうがいい。今夜だ。伊太郎、いいな」

へい、と伊太郎は頭を下げた。

やくざ者を半死半生の目に遭わせて江戸にいられなくなり、おとよといっしょに江戸を離れ、伊勢に辿り着いたものの、未知の土地で途方にくれていたのを助けてくれたのが、駒蔵だった。

それから、駒蔵におとよとの暮らしの面倒もみてもらった。いわば、駒蔵は命の恩人だった。

駒蔵に逆らうことは出来なかった。

「じゃあ、伊太郎兄い。そろそろ行くとするか」

五つ半（九時）になって、助八が立ち上がった。

「いや。俺は歩いて行く。昌平橋の袂で落ち合おう」

「そうかえ。じゃあ、俺たちは船で行くから」

助八が部屋を出て行った。

あとを追うように、牛松と音松の兄弟が出て行き、鎌田三蔵もすぐに立ち上がった。

伊太郎は少し遅れて隠れ家を出た。

満月の冴《さ》えた明かりが地上に落ちて、周囲を明るく照らしている。だが、月明かりの射さない場所は漆黒《しっこく》の闇だ。

無意識のうちに、その闇の中に身を隠し、伊太郎は俯き加減に歩いた。

伊太郎は足が重かった。まさか、おみつにこのような災難が降りかかるとは思ってもみなかった。

両国橋を渡る。この時間でも、向こうからやって来る人間が大勢いるのは、皆神田祭の帰りか。

橋の途中で、川を覗《のぞ》いた。橋の下を潜って行ったのが仲間の船かと思ったが、違ったようだ。

橋を渡り切り、広小路を突っ切って柳原通りに入った。月明かりが、長く続く柳の木を浮かび上がらせている。

おとよさえ生きていてくれたらと、今さら悔《く》やんでも詮《せん》ないことを考えては、深いため息をついた。

伊太郎は昌平橋に辿り着いた。ひとが多い。神田明神からの喧騒《けんそう》が聞こえて来る。夜遅くまで騒ぎは続くのか。

助八たちの姿はなかった。欄干《らんかん》に手をつき、川を見る。船が通って出来た波で、川面に映った丸い月が歪んだ。

もう、おみつは寝ていることだろう。ちくしょう、と伊太郎は心の内で嘆く。

人影が近づいて来た。

「伊太郎兄い。待たせたな」

助八の顔がきょうばかりは憎々しげに見えた。

「いや。俺もちょっと前に来たところだ」

伊太郎は気の向かないまま湯島横町へと向かった。

角を曲がり、やがて佐兵衛の家の前にやって来た。

「ここだ。裏口はこっちだ」

伊太郎は路地に入った。

「兄きは帰っていいぜ。無事に連れて行くから」

「うむ」

伊太郎は頷いたが、引き上げるつもりはなかった。おみつに危害を加えることはないと思うが、見届けないと心配だった。

助八は持って来た縄を巧《たく》みに扱い、二階の物干台の手すりにかけた。それから、するすると縄をよじ登り、あっという間に物干台に立った。

呆《あき》れ返るような身の軽さだ。駒蔵が江戸で暴れていたときに手下にいた軽業師上がりの男が、この助八とどういう関係かわからない。

やがて、助八の姿が消えたと思うと、裏口の戸が静かに開いて、助八が顔を出した。

鎌田三蔵と牛松、音松が家の中に消えた。

と、突然、鈍い物音と共に男の怒声が聞こえた。

何事かと、伊太郎は裏口に寄った。耳を澄ますと、また何かの倒れる音。

「きさま、元は武士だな」

その声は鎌田三蔵だ。

懐から手拭いを取り出し、頬かぶりをして、伊太郎は台所に入った。そして、奥の部屋に行くと、暗がりの中で、鎌田三蔵が剣を抜き、何者かと対峙《たいじ》していた。

相手は長煙管を剣のように構えていた。その背後で、おつねがおみつを抱き抱えていた。相手の正体に気づいて、伊太郎は覚えず声を上げそうになった。

佐兵衛だった。

鎌田三蔵が剣を突き出したのを、佐兵衛は長煙管で弾いた。鎌田三蔵が、今度は横に剣をないだのを、長煙管で上から叩きつけた。

手がしびれたのか、鎌田三臓が剣を落とした。

部屋の隅では、牛松が腹を押さえて呻《うめ》いており、その横では、音松が腕を抱えていた。

「逃げろ」

助八が叫んだ。

伊太郎も素早く表に飛び出していた。

帰りの船の中で、伊太郎は愕然《がくぜん》としていた。

いったい、佐兵衛は何者なのだ。元は武士だな、と鎌田三蔵が言っていた。

佐兵衛が武士……。

「鎌田さん。佐兵衛が武士だというのは間違いないんですかえ」

「間違いない。あの物腰に、煙管を剣に見立てての構え。相当の腕だ」

鎌田三蔵は憤然と言った。

おとよは、おとっつあんは元米商人だったが、今は隠居の身だと言っていた。おとよは、佐兵衛が武士だったことを知っているのか。いや、おとよは、七つのときに佐兵衛夫妻に拾われたのだと話したことがある。

武士だとしたら、おとよを養女にする前のことだ。

「兄い。親分に何と言ったらいいんだ」

助八が苦い顔できいた。

「正直に言うしかあるまい」

伊太郎の言葉に、鎌田三蔵が舌打ちをした。

船は隅田川を横切り、竪川に入って行った。

四

翌朝、奉行所に出仕し、宇野清左衛門と長谷川四郎兵衛に、これまでの状況を説明したあと、剣一郎が与力部屋に戻ったとき、見習いの坂本時次郎が来客を告げに来た。

「神田岩本町の名主、平兵衛《へいべえ》と申す者が、青柳さまにじかにお話ししたい儀があると、当番所に参っておりますが」

「あいわかった」

一礼して去ろうとする時次郎に、

「いずれ、剣之助も戻って来よう。そのときは、またよろしく頼む」

と声をかけると、時次郎は「はい」と大きな声でうれしそうに返事をした。

剣之助の親友である時次郎は、剣之助がいなくて少し寂しそうだった。

剣一郎は玄関の横にある当番所に出向いた。この当番所には若い与力が詰め、訴願の受理などを行っている。

今も訴人がたくさん待っていた。当番方の若い与力が、

「青柳さま。あの者にございます」

と、白髪の目立つ男を示した。

その男は立ち上がって腰を折って、近づいて来た。

「岩本町の名主の平兵衛と申します。じつは、きのうのお触れのことで」

平兵衛の横に、年配の女がいた。

「よし。向こうで話を聞こう」

と、剣一郎は与力・同心が使う昇降口から庭に出て、平兵衛と女を伴い、同心詰所に向かった。

すでに探索のために出払っていて、同心詰所にはあまりひとはいなかった。

「用件をきこうか」

剣一郎はさっそく切り出した。

「はい。じつは、きのうのお触れをたまたま見たおふくさんが、ぜひ青柳さまにお話があると申しますので、連れて参りました」

そう言って、横に控えている女に目配せをした。

「荒巻源助の妻ふくでございます」

ふくは四十半ばと思える、しっとりとした感じの婦人である。

「私の主人荒巻源助は神田小柳町にて剣術道場を開いておりましたが、この春に病死し、八月に道場を人手に渡し、今は娘の嫁ぎ先である岩本町の古着屋の離れに世話になっている身でございます」

うむと頷き、剣一郎は黙って話の続きを待った。

「この八月半ば近く、駿府より、手前主人への紹介状を持って、菅沼市之進どのと仰るご浪人が道場を訪ねて参りました。ですが、すでに主人が亡くなっていることを告げると、非常にがっかりしたご様子でした」

ふくはふと剣一郎の左頰に目を向け、

「じつは、その菅沼さまの右頰には、青柳さまのような青痣がございました」

と、訴えた。

「なに、菅沼市之進と申すものに青痣があったのか」

剣一郎は驚きの声を上げた。

「はい。きのうのお触れを見て、もしやと思いましたので、じかに青柳さまにお話ししたほうがよいかと失礼を顧みずに駆けつけた次第にございます」

「よく知らせてくれた。礼を言う」

「あの、それともう一つ」

ふくは封書を取り出した。

「これは、駿府の松右衛門さまから届いた手紙にございます。松右衛門さまは、主人が亡くなったことを知らずに、菅沼さまに紹介状を書き、今また菅沼さまにお手紙を渡してくれるように、主人宛てに送って参りました。菅沼さまの行き先もわからず、この手紙の始末に困っておりました」

「あいわかった。その手紙はわしが預かろう」

「よろしゅうございますか。ありがとう存じます」

剣一郎は手紙を受け取った。

「平兵衛。ごくろうだった」

剣一郎はふたりをねぎらい、見送ってから、与力部屋に戻り、改めて手紙を取り出した。

封がしてあるので、そのまま懐にしまった。

手紙を読めば、菅沼市之進について何かわかるかもしれないと思った、が、私信であり、読むのをためらった。それより、菅沼市之進のことだ。

右頰の青痣。高輪の大木戸で掏摸の男が出会った男は菅沼市之進に違いない。そして、今になって思い出すのは、鎌倉河岸でのことだ。あのときも、一膳飯屋から出て来た鳶の者らしき男が剣一郎に妙なことを言った。菅沼市之進のことと絡めれば、納得がいく。

そう思ったとき、はたと剣一郎はひざを叩いた。

おみつだ。おみつはこの青痣を気にしていた。これは、道中、菅沼市之進を見かけたことがあるからではないのか。

おみつが佐兵衛の家に着いたのと、菅沼市之進が荒巻道場に着いたのは、ほぼ同じ時期だった。

剣一郎はすぐに外出の支度をした。

まだ、神田祭の騒ぎの余韻の残る日本橋の大通りを、剣一郎は直走《ひたはし》った。

昌平橋を越えて、湯島横町に入り、佐兵衛の家にやって来た。

格子戸を開けて、土間に入った。だが、家の中はふだんと様子を異にしていた。障子が破れ、茶簞笥《ちゃだんす》の中の湯吞みや皿も壊れている。

「これは、いったい、何があったのだ」

剣一郎が叫ぶと、佐兵衛が出て来た。

「青柳さま」

「何があったのだ？」

剣一郎はもう一度きいた。

「ゆうべ、賊《ぞく》が押し入りました」

「賊が？」

「おみつを連れて行こうとしたようです」

「なぜ、おみつを？」

「賊の中に手拭いで頰かぶりをした男がおりました。その男は……」

佐兵衛が言い淀んだ。

「だれだ、その男は？」

「伊太郎のようでした」

「なに、伊太郎？」

そうか、伊太郎も菅沼市之進のことがばれるのを防ごうと、口封じのためにおみつをどこかに連れ去ろうとしたのか。

「おみつを呼んでくれぬか」

「はい」

奥で、片づけものを手伝っていたおみつがやって来た。

「おじさま」

「おみつ坊。きのうは怖い目に遭ったそうだの」

「はい。でも、だいじょぶでした。おじいさまがお強いから」

佐兵衛が目を伏せた。

「そうか。おじいさまが守ってくれたか。ところで、おみつ坊はおじさんのこの痣を見て、何か言いたそうだったな。そのことを話してくれないか」

許しを得るように、おみつは佐兵衛の顔に目をやった。

佐兵衛が頷くのを見て、おみつは顔を戻した。

「沼津の旅籠や、箱根の関所でお侍さまと何度かいっしょになりました」

「そのお侍の頬に青痣があったのだな」

「はい。ありました」

「どっちの頬かな」

「えっと……。あっ、こちらです」

おみつは右の頬に指を当てた。

「すると、おみつ坊のおとっつあんも、そのお侍のことを知っているのだな」

「はい。でも」

「でも、どうした？」

「はい。おとっつあんは、どうしてあんなことをするのでしょう」

「おみつ。知っていたのか」

佐兵衛が口をはさんだ。

「だって、顔を隠していても、おとっつあんのことはわかります」

おみつは悲しみに満ちた顔をした。

「おみつ。さあ、こっちへおいで。まだ、お片づけが残っていますからね」

おつねがおみつを呼びに来た。

「はい。おばあさま」

おみつは元気な声を出したが、空元気《から》だということはわかった。

おみつが去ったあと、佐兵衛が暗い顔で言う。

「青柳さま。伊太郎は何をしているのでしょうか。それに、いま話に出た青痣の浪人。まさか、きのうお触れの出た押込み……」

「残念ながら、その可能性が強い。おそらく、伊太郎はおみつの口から青痣の浪人のことが明るみに出ることを防ぐために、かどわかそうとしたものと思われる」

「なんということか」

佐兵衛は膝に置いた拳を握りしめ、目を瞑《つむ》った。

「伊太郎が、押込みの仲間だったとは……。おとよは、そんな男と連れ添っていたのか」

「しかし、おみつ坊には関係ない」

「はい。わかっております」

「錠前殺しの富蔵、伊太郎、そして菅沼市之進。七人のうち、三人の名前がわかった。必ず、お縄に出来る。しかし」

と、剣一郎は心を痛めないわけにはいかなかった。

この一味、お縄になれば、当然獄門だ。伊太郎とて、それを免れまい。そのことを思うと、胸が塞《ふさ》がれそうになる。おみつの父親だからだ。

おみつには佐兵衛夫妻がいる。それが唯一の救いなのだが、剣一郎には気がかりなことがあった。

「佐兵衛どの」

剣一郎は声を改めた。

「妙なことを訊ねるが、山瀬平馬という若い侍に心当たりがおありか」

「山瀬平馬……」

佐兵衛の顔色が変わった。

「青柳さま。山瀬平馬は江戸に来ているのですか」

「そうだ。この付近で何度か見掛けた。ひょっとして、佐兵衛どのに用事があるのではないかと思ったのだが」

「そうですか。山瀬平馬がやって来ましたか」

佐兵衛は虚《うつ》ろな目になり、

「なんという巡り合わせ」

と、やり切れないように言った。

「あの者とはどのような関係なのだ」

剣一郎は問い詰めるようにきく。佐兵衛は俯き、しばし口ごもったが、

「青柳さま。どうか、お許しください。もうしばらくのご猶予《ゆうよ》を」

「佐兵衛どの。もし、私に出来ることがあればなんなりと言ってくれ」

「ありがとうございます。もし、そのときが参りましたら、お願い申し上げるかもしれません」

佐兵衛が苦渋に満ちた顔で言った。


佐兵衛の家を辞去した剣一郎は、奉行所に戻った。

そして、夕方に続々と戻って来た同心を、年寄同心詰所に呼び寄せた。植村京之進をはじめとする定町廻り、臨時廻り、そして隠密廻りの作田新兵衛も集まった。

宇野清左衛門がやって来たところで、剣一郎は口を開いた。

「これまで判明したことをお話しする。錠前殺しの富蔵の一味の中で、ふたりの名がわかった」

同心の間にざわめきが起こった。

「まず、伊勢の古市からやって来た伊太郎という三十過ぎの男。そして、右頰に青痣のある菅沼市之進。この菅沼市之進は、江戸についてから伊太郎に誘われて、富蔵の一味に入ったものと思える」

剣一郎は一同を見回して続ける。

「伊太郎が古市からやって来たということは、富蔵ら他の仲間も古市周辺からやって来て、短期間に江戸で荒稼ぎを目論《もくろ》んだものと思える。すでに、富蔵は六千両もの金を盗んでいるが、もう一軒、押込みを働くとすれば、おそらく本郷三丁目の質屋『山川屋』ではないか」

「『山川屋』には、すでに手を打ってあります」

京之進が緊張した声で言う。

「うむ。富蔵らは仕事を終えたあと、再び伊勢に帰るであろう。では、六つ以上の千両箱をどうやって伊勢に運ぶか」

「大八車を押して、東海道を上るとは思えません」

同心のひとりが答える。

「船ですか」

別の同心が言う。

「おそらく、船であろう。樽回船で、大坂まで運び、あとは陸路を伊勢まで運ぶ。何かの荷の中に千両箱を紛れ込ませ、運ぶのではないか。しかし、それには手助けするものがなくてはならぬ。深川辺りの船便を扱う者の中に、人知れず、富蔵と繋がっている者がいるはずだ」

「ひとり、疑わしい人物がおります」

そう言ったのは、隠密廻りの作田新兵衛だ。

「それは？」

「富蔵が伊勢から出て来たと聞いて思い出したのでございますが、富蔵はもともと下谷車坂《くるまざか》町にある錠前造りの親方のところで修業をしておりました。その当時の遊び仲間の男が、佐賀町の『伊勢屋』という味噌問屋の入婿になり、今は店を継ぎ、為右衛門という名になっておりますが、この男、確か伊勢の出身」

作田新兵衛は知らせる。

「味噌樽か。千両箱を隠すには打って付けのようだな。よし、為右衛門の周辺を探るのだ。本郷三丁目の『山川屋』と味噌問屋の『伊勢屋』を二手にわけて見張りだ」

剣一郎は力強く言った。

そのとき、当番方の若い同心がやって来た。

片膝つきで襖を開け、

「恐れ入ります。植村京之進どのに多助というものが、至急お目にかかりたいと門前に来ているとのことでございます」

「多助とは、そなたが手札を与えている岡っ引きだな。行ってきなさい」

剣一郎が京之進に言った。

「はっ。では、失礼します」

京之進が出て行ったあと、座はしばしの雑談の場になった。

思ったより早く、京之進が戻って来た。

興奮の面持ちで、

「北森下町の長桂寺《ちょうけいじ》裏の一軒家に、怪しい男が出入りをしているという訴えがあったそうです。その中に、頰に青痣のある浪人がいたとのこと」

と、京之進はいっきに喋った。

ここでも、お触れの効果が出たようだ。

剣一郎はかっと目を見開き、

「よし。間違いない。まやかしの青痣が奴らの命取りだ」

と、覚えず口にした。

宇野清左衛門が立ち上がり、

「皆の者、心して行け」

と、叫んだ。

おう、と叫び、皆もいっせいに立ち上がっていた。

五

　その頃、商家の旦那ふうの恰好をした男が佐賀町から仙台堀にかかる上之橋を渡り、小名木川《おなぎ》に出て、川沿いをせかせかと歩いて行った。

　伊勢の駒蔵である。駒蔵はときたま舌打ちをし、小石をいまいましげに蹴飛ばしたりして、少し荒れた足取りだった。

　駒蔵は高橋《たかばし》を渡って、ようやく北森下町の隠れ家に戻って来た。

　すでに、一味の者は今夜の押込みの支度を整え終えていた。だが、伊太郎は部屋に入って来た駒蔵の顔つきがいつもと違うのに気づいた。

　血の気を失った顔をしているのだ。

「親分、どうかなすったんですかえ」

　伊太郎は不安を抑えてきいた。

「まさか、船に問題が起こったのでは？」

　夕方、『伊勢屋』の為右衛門から急の使いがあり、駒蔵は飛んで行ったのだ。すでに整っている手筈に何か手違いでもあったのではないか。伊太郎は、そんな心配をしていたところなので、駒蔵の顔色が気になったのだ。

駒蔵と伊勢屋為右衛門は昔からのつきあいだというが、今は堅気の商売をしている為右衛門が駒蔵のためにほんとうに手を貸してくれるのか疑問だった。

ただ、一千両というべらぼうな謝礼金を要求する為右衛門は、根は相当したたかな男だと思われ、その点では安心なのだが……。

駒蔵が恐ろしい形相であぐらをかき、壁の一点をただ見つめている。伊太郎だけでなく、助八や他の者もさすがに駒蔵の異様な姿に不審を持ったようだった。

「親分」

黙って座った駒蔵に、伊太郎は少し大きな声で呼びかけた。

駒蔵は長煙管に火を点《つ》け、煙を吐いてから、

「おう。みんな」

と、やっと口を開いた。

いつにない厳しい顔に、伊太郎も固唾《かたず》を呑んだ。

「今夜は中止だ」

叩きつけるような言い方だった。

「中止？　何があったんですかえ」

助八が不服そうにきく。

「伊勢屋が教えてくれた。奉行所からお触れが出たそうだ。押込みは、青痣与力の名を騙《かた》って、戸を開けさせて入るとな」

「じゃあ、まやかしの青痣与力のことがばれちまったってことか」

伊太郎が腰を浮かし、片膝を立てた。

「そうだ。こうも早くばれちまうとは、とんだ誤算だったぜ」

駒蔵は醜く顔を歪めた。

「どうしやす？」

助八の声は上擦った。

「どうもこうもねえ。青痣与力が使えなくては、中止せざるを得まい」

「狙う場所を変えて、あっしが塀を乗り越えて……」

助八が未練たらしく言う。

「いや、よそう。『山川屋』に押し込めないのなら、やる必要はない。金は十分に稼いだからな。八丁堀の動きもわからねえ。動くのは危険だ」

駒蔵は一同を見回し、

「明日の大坂に向かう船には予定通りに乗る」

ふっと、伊太郎は緊張から解き放たれた。そして、安堵のため息をもらした。おみつの件もあり、今度の仕事は気が進まなかったのだ。なんだか、失敗するような気がしていたのだ。

菅沼市之進も平然としているが、どこかほっとしているように思えた。だが、やはり今夜も仕事だと気を張り詰めていただけに、他の者には気落ちの様子が見られた。

駒蔵は気持ちを落ち着かせるように煙草をすっていたが、ふと、菅沼市之進のほうに顔を向けた。

「菅沼さん。おまえさんも伊勢まで来なさるね」

駒蔵が確かめる。

「行くしかあるまい」

菅沼市之進は自嘲ぎみに答えた。

伊太郎は立ち上がった。

「どこへ行く」

駒蔵が声をかけた。

「物干台に出て、外の空気を吸ってきやす」

伊太郎は梯子段を上り、二階に上がり、廊下の突き当たりから物干台に出た。十六夜の月が皓々《こうこう》と輝いている。すぐ向こうは寺の境内《けいだい》で、こんもりとした杜《もり》になっている。

明日、江戸を離れるとなると、無性におみつのことが恋しくなった。思いきって、連れて帰るか。

だが、それは無理だ。俺のような男といっしょにいても、決してよいことはない。それに、いつ捕まるかもしれない。捕まったら獄門台に首を晒す身だ。おみつとは縁を切らねばならないのだ。

ふと背後にひとの気配がした。伊太郎の横に並んだのは菅沼市之進だった。

「子どものことを考えているのか」

市之進がきいた。

「へえ。柄にもなく、思い出されて」

「可愛い子だった。かどわかしに失敗してよかった。もし、ここに連れてこられていたら、殺されていた」

「えっ」

「駒蔵が、助八に命じていた」

「やはり、そうですかえ」

「所詮、悪党だ。ここの連中は。そういう俺も……」

菅沼市之進は自嘲気味に笑った。

「伊勢に行って、どうするんですね」

「まだ、わからん」

「分け前の金で、尾張にでも出て、道場を開いたらどうですね」

「汚れた金で道場を開いてうまくいくと思うか」

伊太郎は何も言えなかった。

「あっしが誘ったばかりに、菅沼さんの人生を大きく狂わしてしまいましたね」

「なあに。そなたに誘われなければ、俺は辻強盗にでも身をやつしていたかもしれん」

菅沼市之進は寂しそうに笑った。

いたたまれない思いで、伊太郎は手すりに手をかけ、横手の民家のほうに目をやった。屋根の向こうに道が見える。そこに風呂敷包を背負って家を出て行く男女の姿が見えた。

隣家に住む夫婦者のようだ。こんな時間にどこに行くのだろうかと、不思議に思った。

妙な胸騒ぎがしたが、助八が呼びに来たので、心を残しながら、伊太郎は階下に向かった。

部屋に酒膳の用意がしてあった。

「皆、ごくろうだった。女っ気がなくて寂しいが江戸最後の夜だ。江戸との別れの酒宴をすることにしよう」

駒蔵の掛け声で、めいめい茶碗に酒を注ぎ、呑みはじめた。


だいぶ酒を呑んで、伊太郎は二階のいつも自分が使っている部屋へ行った。上に三部屋、下に三部屋あるので、牛松と音松の兄弟が同じ部屋で、あとはひとり一部屋を使っていた。

おみつのことを思ううちに、伊太郎はいつしか佐兵衛のことを考えていた。

佐兵衛は武士だったようだ。なにゆえ、両刀を捨て、江戸に出てきたのであろうか。

ふいに、隣人が荷物を持って出て行った姿が蘇った。ふたり揃ってだ。なぜ、あんな時間に……。そのことが、肩のしこりのように気になった。

た。伊太郎はむっくと起き上がった。そして、廊下に出ると、突き当たりの物干台に出た。

今度は姿勢を低くし、外から自分の姿がわからないように用心をして、横手の隣家のほうに目をやった。

隣家もその隣も真っ暗だ。もう、丑《うし》の刻（午前二時）は過ぎた頃だろう。とうに寝入ったのかもしれないが、なぜか胸が騒ぐ。

ふと、隣家の窓に黒い影が揺れたような気がした。さっき出て行った住人が戻って来たのかもしれない。

伊太郎はそっとあとずさりをし、廊下に戻った。

それから念のために、梯子段を下り、台所に行った。階下では、駒蔵に鎌田三蔵、そして、助八の三人が就寝している。

伊太郎は勝手口の戸を開けて、裏庭に出た。すぐ寺の塀になる。伊太郎はいざというときのために、塀を乗り越えるさいの足掛かりに太い棒を塀に立てかけた。

それから、勝手口から台所に戻り、水瓶から杓《ひしやく》で水を飲んだ。

「兄いか」

びっくりして振り返ると、助八だった。

「なんだ、おめえも眠れねえのか」

「いや、喉が渇いた。江戸の最後の夜かと思うと、もっと楽しんでおきたかったぜ」

助八が苦い顔で言うのを、伊太郎は真顔になって、

「おい、助八」

と、声を潜めた。

「なんでえ、兄い。そんな怖《こわ》い顔をして」

「じつは、ちょっと気になることがあるんだ」

「気になること？」

「ゆうべの五つ半（九時）頃。俺が物干台に上ったときのことだ」

「そういえば、外の空気を吸ってくると出て行ったっけ」

「そうだ。そのとき、隣の家の奴が風呂敷包の荷を背負って路地から通りに出て行くのを見たんだ。ふたりだ。確か、隣は夫婦者。だがな、今、物干台に上がってみたら、隣家の窓に黒い影が揺れていた」

「まさか、町方が……」

助八の顔色が変わった。

「あわてるな。もし、火盗改めか町方だとしても、踏み込んでくるのは明け方だ」

深夜に急襲しても、闇に紛れて逃げられてしまう。そういう恐れから、夜明けを待っているに違いない。

「ちょっと、外の様子を見て来る」

助八が外に出て行こうとした。

「待て。迂闊《うかつ》に出て、悟られたらことだ」

「抜かりはねえ。任してくれ」

そう言い、助八は裏口から出ると、暗がりに身を隠して、隣家に近寄って行った。

伊太郎は落ち着かずに、もう一度、水瓶から水をすくって飲んだ。

町方がなぜ、この場所がわかったのか。

(菅沼市之進だ)

伊太郎は心の内で声を上げた。

菅沼市之進がこの家に出入りをしているところを誰かが見ていた。それだけなら問題はなかったが、お触れがまわったのだ。そこには、青痣のある浪人のことが記されていたはずだ。

裏口の戸が微かに鳴り、助八が帰って来た。

「町方だ」

「なに」

「隣もその隣にも町方がもぐり込んでいる。この一帯は取り囲まれているようだ」

「ちくしょう。ともかく、親分を起こしてこよう」

伊太郎と助八は奥の部屋に向かった。

廊下に片膝をついて、

「親分」

と、伊太郎は声をかけた。

「なんだ、伊太郎か」

起こされて、不機嫌そうな駒蔵の声だった。

「親分。たいへんだ。町方がこの家を取り囲んでいる」

「なんだと」

がばっと跳ね起きる気配がして、駒蔵が襖《ふすま》を開けた。

駒蔵の目がつり上がっていた。

「今、助八が様子を見て来ましたが、隣もその隣の家にも町方がもぐり込んでいるそうです」

「よし。皆を起こせ。明かりはつけるな。外に気取られる」

「へい」

助八は一階の鎌田三蔵を、伊太郎は二階に上がり、菅沼市之進と牛松音松の兄弟を起こした。

伊太郎も身支度をして、階下に行った。

行灯に黒い布を被せ、明かりが外に漏れないようにした部屋に、全員が集まった。

「町方に囲まれたようだ。奴らは明るくなってから、ここに踏み込むだろう」

そのつもりで、向こうはまだ油断しているはずだ。

「これから、ここを脱出する。まず、裏の寺の塀を乗り越え、境内に逃げ込む。行き先は、『伊勢屋』だ。助八」

「へい」

「おまえは一足先に向こうに行き、『伊勢屋』の塀を乗り越えて中に入り、伊勢屋為右衛門に会って、これから我らが行くからと伝えるのだ」

「合点だ」

「親分。塀を乗り越える足掛かりのために、棒を立てかけてあります」

伊太郎はその場所を説明する。

「よし。では、行くぞ」

駒蔵が行灯の火を消し、部屋の中は真っ暗になった。

まず、助八が勝手口を出て、暗がりに身を隠しながら寺の塀まで行き、用心深く、塀を乗り越え、寺の境内に消えて行った。

「よし。次は俺だ。伊太郎は最後だ」

「へい」

駒蔵が出て行った。そのあとに、鎌田三蔵。だが、牛松と音松は体が大きいので、苦労した。一度、足を滑らせ、草むらに墜落し、軽い悲鳴を上げた。

なんとか、ふたりは塀を乗り越えたが、菅沼市之進はすぐに行こうとしなかった。

「どうしやした？」

「おかしい。さっきの物音にも、隣で動きがない」

「それも、そうですね」

まさか、と思った。町方は、このことを予想していたのか。

「どうしやす？」

塀を乗り越えるか、どうするか、伊太郎は菅沼市之進に意見を求めた。

「どうも、町方は寺の境内に逃げ込むのを頭に入れていると思える」

「しかし、ここにいても、押し込まれるだけだ」

「向こうは旗本屋敷か」

寺の右手は町家、左手は旗本屋敷だ。

「よし、境内に入ってからすぐに旗本屋敷の塀を乗り越え、旗本屋敷の庭を突っ切り、五間堀沿いの塀を乗り越えたらどうか」

「なるほど。それがいいかもしれやせん」

まず、菅沼市之進が塀を乗り越え、伊太郎が続いた。

鬱蒼《うっそう》とした境内の杜の中を突き抜けず、塀沿いに旗本屋敷のほうに移動する。そのとき、ふと、駒蔵たちのことが気になった。

「親分、助八」

伊太郎は覚えず、口にしていた。

六

念のために、長桂寺門前に町方を待機させていたのが正解だった。

山門の潜り戸から、怪しい人影が死んだようにひっそりとしている門前の広場に現れたのを、剣一郎は銀杏《いちょう》の大樹の陰から見ていた。

まず出て来たのは、小柄な男だ。

その男が路地に消えたのを、作田新兵衛が追った。

続いて、四人が出て来た。先頭にいたのは大柄な男で、錠前殺しの富蔵らしい。

四人は立ち止まって、潜り戸に目をやっていた。あとから来る仲間を待っている様子だった。四人の中に浪人者がいたが、小肥りで、青痣与力を名乗った菅沼市之進ではないようだった。それに、伊太郎らしき男もいなかった。

だが、ふたりが出て来る気配はない。

富蔵らしき大柄の男が何かを言い、あわてたように先頭に立った。ふたりの身に何か起こったと考えたのか。四人は急ぎ足になった。

「じゃあ、私が行きます」

今度は植村京之進があとを追った。

『伊勢屋』に追い詰めて、一網打尽にする手筈になっている。

それきり、潜り戸が開くことはなかった。

今まで、出て来たのは五人。菅沼市之進と伊太郎の姿はない。

まだ、隠れ家に潜んでいるのか。いや、親分が逃げ出したのだ。当然、全員、親分のあとに続かねばならないはずだ。

長桂寺の左隣は旗本屋敷だ。その屋敷は五間堀に接している。そうか、と剣一郎ははたと気がついた。

あとのことを、別の同心に頼み、剣一郎は旗本屋敷の門の前を過ぎ、五間堀を渡った。その堀沿いに旗本屋敷の塀が続いている。

対岸の旗本屋敷の塀を見つめながら、剣一郎は堀に沿って歩いた。

すると、その屋敷の塀を乗り越えて来た人影を見た。影はふたつ。菅沼市之進と伊太郎だと思った。

ふたりは屋敷の塀と堀の間の道なき道を通り、旗本屋敷の表門のほうに向かった。

剣一郎も来た道を戻った。ふたりは表門の前に出ると、長桂寺のほうに行くのを避け、橋を渡ってこっちのほうにやって来た。

剣一郎はその橋の袂からふたりの前に飛び出した。

ふたりはつんのめるようにして立ち止まった。

「青痣与力……」

伊太郎が啞然として呟いた。

「菅沼市之進に伊太郎なるか」

剣一郎の声が夜陰に轟《とどろ》いた。

「ちくしょう」

伊太郎が匕首を抜いた。

「伊太郎。子どもに顔向け出来るのか」

「うるせえ」

匕首を構え、伊太郎が襲いかかった。

剣一郎は体をひねり、伊太郎の利き腕を摑んで投げ飛ばした。その隙に、菅沼市之進が抜き打ちざまに斬り付けて来た。

剣一郎は山城守国清《やましろのかみくにきよ》銘の新刀上作の刀を鞘走らせ、相手の剣を弾いた。

なおも、相手が振りかぶってからすさまじい勢いで剣を斬り下ろしてきた。

大きな弧を描いた剣尖が剣一郎の頭上を襲う。その寸前で、剣一郎は相手の剣を鎬《しのぎ》で受け止めた。

剣一郎は相手の剣を押し返すと、ぱっと両者は離れた。

市之進は正眼に構えた。まったく呼吸に乱れはない。

剣一郎も構えを正眼にとった。

そのまま、しばらく睨み合いが続いた。が、徐々に、両者の間合いは詰まった。

互いの切っ先が微かに触れ合う間に入ったが、市之進はまだ仕掛けてこない。やがて、交刃の間合いに入るや、市之進は剣一郎の剣をぽんと切っ先で弾き、すかさず逆袈裟に斬り上げてきた。

剣一郎も剣をすくい上げるように相手の剣を防ぐ。休む間もなく、再び上段から剣が斬り下ろされた。剣一郎は頭上で、相手の剣を受け止め、そのまま鍔迫《つばぜ》り合いになった。

顔がくっつくぐらいに迫ったとき、剣一郎は言った。

「菅沼市之進。府中の松右衛門から手紙が来ているぞ」

「なに」

鍔迫り合いのまま、菅沼市之進が目を剝《む》く。

「そなたが荒巻道場にいると思い込んで、そこに届いたのだ。悪いが、読ませてもらった。松右衛門の店に押込みが入り、店を潰されたそうだ。片瀬屋清兵衛の仕業だと認《したた》めてあった」

急に、菅沼市之進が刀を引いた。

「手紙を、手紙を見せてくれ」

剣一郎は懐から手紙を差し出した。

刀を抜き身のまま置き、手紙を読みはじめた菅沼市之進は血相を変えた。

「なんということを……」

　いきなり、菅沼市之進は跪《ひざまず》いた。

「お願いでござる。きっと、戻って、お縄を受ける。時間をくれ。この松右衛門は私の恩人なんだ」

「どうするつもりだ？」

　剣一郎は鋭く市之進の目を見つめる。

「駿府に戻り、片瀬屋清兵衛をこらしめ、松右衛門どのをお助けする。どうか、十日間。いや七日でも、五日でも……」

　菅沼市之進は頭を下げた。

「青痣の旦那」

　伊太郎が呼びかけた。

「菅沼さんは、もともとあっしらの仲間じゃなかった。仲間に引き入れたのはあっしなんだ。押込みでも、ひとを手にかけてはいねえ。お願いだ。菅沼さんは決してひとを裏切るような御方ではねえ。どうか、頼みを聞いてやってくだせえ」

「伊太郎どの」

　菅沼市之進が驚いた顔を、伊太郎に向けた。

「手にかけていなくても、それを黙って見ていたことは、手を出したと同じことだ」

剣一郎は冷たく言い放つ。

「旦那。菅沼さんに、恩返しをさせてやってください。お調べのことなら、あっしがなんでも喋ります。あっしも、子どもに顔向け出来ねえが、せめて最後ぐれえは……」

伊太郎が懸命に菅沼市之進のために訴えた。

「お願いでござる。このとおり。きっと戻って参ります」

市之進が土下座をした。

ふと、長桂寺のほうから提灯の明かりが近寄って来た。

「人殺しはせぬと、誓えるか」

「えっ?」

「たとえ、恩人の敵であっても、その命を奪うことは相成らぬ。それを誓えるか」

「わかりましてございます。決して、ひとを殺《あや》めることはいたしませぬ」

「よし、菅沼市之進。十日の猶予をやろう。十日目の夕方までに、必ず奉行所に出頭せよ。よいな」

剣一郎は市之進の熱意に打たれた。

「かたじけない。このとおりでございます」

「よし、永代橋のほうは捕り方が張っている。竪川を越え、両国橋を渡れ。あっ、待て。路銀はあるのか」

「なんとかなります」

剣一郎は懐から財布を出した。

「これを持って行け」

「とんでもありません。こんなに」

「よいから持って行くのだ。必ず、恩人のために働いて来い」

剣一郎は五両を菅沼市之進の手に握らせた。

「ありがとうございます」

菅沼市之進は押しいただいた。

「よし。では、気をつけて」

「伊太郎どの。すまぬ」

菅沼市之進は武家地を突っ切って竪川のほうに走って行った。

「さて、伊太郎」

「へい」

「おまえが佐兵衛の家に押し込んだのを、おみつは気づいていた。いくら頬かぶりをしようが、じつの父親だ。姿形でわかるのだ」

「おみつ」

伊太郎は地べたに突っ伏した。

町方が駆け寄ったとき、東の空が微かに白みはじめていた。

錠前殺しの富蔵一味五名が佐賀町の味噌問屋『伊勢屋』にやって来たのを、京之進の指図で町方が十分な働きを見せて、ついに捕らえることが出来た。また、『伊勢屋』の主人為右衛門の自供により、味噌樽に隠してあった千両箱六つが無事に戻った。

一味を数珠《じゆず》つなぎにして、町方の一行が永代橋を行く。朝の早い、棒手振りや職人体の男が目を見張って一行を見送った。

「京之進、よくやった」

永代橋上で、剣一郎は京之進に近づいて言った。

「いえ、とんでもありませぬ。私の手柄ではありませぬ。青柳さまの……」

「なんのなんの、そなたの働きだ」

「ただ、菅沼市之進を逃がしたのが残念でなりませぬ」

「いや。そのことは私の落ち度。そなたの責任ではない。心配はいらぬ」

「はい」

菅沼市之進。無事、駿府にて目的を果たすであろうか。あの者の頼みを聞き入れたことが正しい措置だったのかどうか。剣一郎はわからなかった。


翌日から、今は伊勢の駒蔵と称している錠前殺しの富蔵の吟味が始まった。伊太郎の自白により、江戸での押込みの全容解明はほぼ順調に進んでいた。ただ、菅沼市之進の行方がわからず、その探索は行われている。

また、富蔵は伊勢を根城に、この十年近くも周辺を荒し回っており、その吟味のために、伊勢から役人が出て来ることになっているので、吟味が完全に終了するまでにはまだ時間がかかる。

その日、剣一郎は佐兵衛のもとを訪れた。

おみつに聞かれたくないことだと事情を察し、佐兵衛はおつねにおみつを外に連れ出させた。

「佐兵衛どの。伊太郎が押込みの一味として捕まった」

剣一郎が切り出すと、佐兵衛の表情が強張った。

「伊太郎は、錠前殺しの富蔵と異名をとる頭の一の子分であった。押込みの際に、ひとを何人か殺めている」

「さようでございましたか」

佐兵衛は目を閉じ、肩を落とした。

「おとよさんと江戸を離れて伊勢まで行った。その先で、富蔵の世話を受けるようになったのが、若い伊太郎の不幸だったのだ」

剣一郎は痛ましげに言う。

「まさか、伊太郎がそんな男だったとは、おみつに何と話したらよいか」

佐兵衛が胸を詰まらせた。

「伊太郎は悪事を働いてきた男に違いないが、おみつへの愛情は持っている。そのことはわかってやって欲しい。おそらく、おとよさんにもよくしていたと思う」

「青柳さま。ありがとうございます」

佐兵衛は声をうわずらせた。

「伊太郎の言伝《ことづ》てだ。くれぐれも、おみつのことを頼みますと、佐兵衛どのに伝えてくれと」

「おみつは不憫《ふびん》な子」

佐兵衛は苦しげに顔を歪ませた。

「青柳さま。お願いがございます」

いきなり、佐兵衛が畳に手をついた。

「何か」

「もし、私に何かありましたら、どうか、おつねとおみつのことをよろしくお頼み申します」

まるで、死を覚悟したような言葉に、剣一郎は驚いた。

「佐兵衛どの、そなたは何か秘密を抱えていると思っていた。それは、あの山瀬平馬という者と関わりがあることであろう。話してくださらんか」

「お許しくださいませ、青柳さま」

佐兵衛は畳に手をついて頭を下げていた。

その姿を見ているうちに、剣一郎はわけもなく深い悲しみに包まれていった。

翌日の夕方。継上下《つぎがみしも》、平袴に無地で茶の肩衣姿の剣一郎は、槍持、草履取り、挟箱持、若党らの供を従えて奉行所を出た。

晩秋の風が吹き、木々の葉も色づきはじめていた。

屋敷に戻ると、奥から女の子の声が聞こえた。

「来たのか」

「はい。先程、佐兵衛さまのご妻女が、おみつさんを連れて参りました」

きのう、佐兵衛から頼まれたのだ。どうしても出かけなければならないところがあるので、おみつを預かって欲しいというものだった。

着替えてから奥の部屋に行くと、るいがおみつの相手をしていた。

「おじさま」

おみつが目を輝かせて飛んで来た。

「おみつ坊か。よう来た」

剣一郎はおみつを抱き寄せた。

「あの……」

おみつは不安そうな顔をした。

「どうした？」

「おじいさまは今夜、遠いところに出かけると申しておりました」

「遠いところ？」

「はい。これからは、おじさまの言うようにしろって」

「なに、そんなことを……」

剣一郎はふいに青痣に痛みのようなものを感じた。

どういう意味だ。まさか……。

「どこに行くと言っていたか、わからぬか」

「いえ、わかりませぬ」

「そうか」

しばし考え込んだが、剣一郎は決意したように外出の支度をした。

見送りについて来た多恵に、

「おみつのことを頼んだ」

と言い、剣一郎は編笠を持って、供を連れずに屋敷を出た。


湯島横町の佐兵衛の家に行くと、線香の香りがしていた。

剣一郎はあわてて上がり、仏間に行った。

仏壇の前に灯明が灯り、線香が煙を立てており、その前に佐兵衛の妻女おつねが数珠を持って端然と座っていた。

「おつねどの」

剣一郎が呼びかけると、おつねははっとして顔を向けた。

「これはどうしたことだ。佐兵衛どのは？」

剣一郎が問い詰めるようにきいた。

「おつねどの」

剣一郎が重ねて訊ねると、

「佐兵衛は、柳島《やなぎしま》村の法性寺《ほうしょうじ》に行きました」

「法性寺？　誰かと会うためか。ひょっとして、山瀬平馬？」

おつねは畳に突っ伏した。

わけをきいている時間はなかった。佐兵衛の家を飛び出すと、隣の家を訪ね、おつねに付き添うように頼んで、剣一郎は神田川に急いだ。

そして、船宿から猪牙《ちょき》舟を出してもらい、隅田川に出た。

冷たい川風を受けながら、船は竪川に入り、四ツ目之橋を過ぎ、天神《てんじん》川に曲がり、柳島まで行った。

柳島の船着場で下り、法性寺に向かった。

門前にも、境内にも人影はない。だが、緊迫した空気が流れているような気がして、法性寺の裏手にまわった。

雑木林の向こうは田圃《たんぼ》が広がっている。

　その中から、激しい息づかいが聞こえて来た。剣一郎が駆けつけると、果たして、佐兵衛と山瀬平馬が立ち合っていた。

　そして、武士がふたり、闘いを見守っていた。

「ご両者、おやめなされ」

　剣一郎は分け入った。

「拙者、南町奉行所与力、青柳剣一郎と申す。刀を引かれよ」

　剣一郎は立ち会いの武士に向かって名乗ったのだ。

　佐兵衛は剣を構えたまま、

「青柳さま。どうか、このままやらせてくださいませ」

と、訴えた。

「佐兵衛どの。いかような事情があろうが、ここはまず刀を引かれよ」

「青柳どの」

　立ち会いの武士が一歩前に出た。

「これは敵討《かたき》ちでござる。この佐兵衛なる者、二十一年前、平馬の実父高山藤太郎《たかやまとうたろう》と母親を斬り、平馬の姉、当時三歳をかどわかし、逐電したものである。当時、まだ一歳であった平馬が成人し、ようようにして敵討ちの機会に恵まれたものである。どうか、邪魔だては無用に願いたい」

「佐兵衛どの、それは真《まこと》か」

「真でございます」

佐兵衛は剣一郎に答えてから、

「さあ、平馬どの。思い切ってかかってこられよ」

と、山瀬平馬に迫った。

力量の差は歴然としていた。山瀬平馬の剣はとうてい佐兵衛の敵ではない。

「こないのなら、私のほうから行く」

佐兵衛は剣を振りかざした。剣一郎はおやっと思った。佐兵衛の胴の辺りが隙《すき》だらけだった。

斬られるつもりなのだと、剣一郎は悟った。

「おみつをどうするつもりだ」

あわてて剣一郎が大声を出した。

佐兵衛の動きが一瞬止まった。が、気合を込めて、踏み込んでいった。平馬は飛び込むように剣を真一文字にないだ。

佐兵衛が剣を上に構えたまま、崩れるように倒れた。

「佐兵衛どの」

剣一郎は駆け寄った。

「青柳さま。これでよかったのです。これで、永年の苦しみから解き放たれます。さあ、平馬どの。止《とど》めを」

佐兵衛は平馬に訴えた。

剣一郎は踵を返した。

高山の家を再興させたいという平馬も、心ならずも佐兵衛を討つ羽目になったのだ。

仏壇の前で、おつねは佐兵衛の無事を祈っていた。おつねは佐兵衛の覚悟を知っていた。

剣一郎はやり切れなかった。

七

江戸を出立し、三日目の昼に、菅沼市之進は駿府に到着した。

浅間神社が見えて来た。市之進は駆け込むように松右衛門の家の玄関に入った。

案内を乞うと、出て来た妻女が目を丸くした。

「あなたさまは？」

「松右衛門どのは？」

「奥の部屋に」

悲しみに打ち沈んだ目で、妻女が言う。

庭からまわると、妻女が障子を開いてくれた。その部屋で、松右衛門が臥《ふ》せっていた。

「松右衛門どの」

市之進は縁側に駆け寄り、声をかけた。

おもむろに、松右衛門は顔を向けた。

「おお、市之進さま」

松右衛門が起き上がろうとしたので、市之進はあわてて廊下に上がり、松右衛門のもとに駆け寄った。

「どうぞ、そのまま」

しかし、すでに松右衛門には起き上がる力はないようだった。

市之進は目を疑った。わずかひと月半足らずで、このように人間は変わってしまうのか。頬は削《そ》げ、肩や胸の肉は落ち、はだけた胸元には肋骨《ろっこつ》が浮かび上がっている。

「すまない、市之進さま。せっかく、江戸で一旗あげようとする大事な時期なのに、あんな手紙を出して。打ち捨てておいて構わなかったのです」

仰向けのまま、松右衛門は目を市之進に向けた。

「松右衛門どの」

市之進はあとの言葉が続かなかった。荒巻道場の荒巻源助が亡くなったことを、松右衛門は、まだ知らないのだ。

「して、お店のほうは？」

「わしは悔しい。市之進さまが駿府をお発ちになって十日ぐらいして、片瀬屋清兵衛がまた近くに店を出した」

声の掠れた松右衛門に代わって、妻女が説明をしてくれた。

「それから、しばらくして、『松屋』に押込みが入ったのでございます。土蔵を荒らし、質草を使い物にならぬように、着物や掛け軸は切り裂き、そして、入質証文を奪って行きました」

「押込み？」

「片瀬屋の仕業です」

松右衛門が呻くように言う。

「それからのことでございます。私どもの入質証文を持ったものが、大挙して押しかけ、金を持って来て質物を請け出しに来ました。質物は皆、使い物にならなくなっており、どうすることも出来ません。そのため、『松屋』の信用はがた落ち。その間に、片瀬屋清兵衛はどんどんいい条件で金を貸していった……」

妻女は涙声になった。

「わしは片瀬屋に乗り込んだ。ところが、殴る蹴るの乱暴を受けて……」

松右衛門の目からも涙がこぼれた。

「お役人はどうしているのだ?」

市之進は憤慨した。

「片瀬屋が賄賂《まいない》を贈り、抱き込んでいるのです。毎晩のように、遊里に役人を接待しております」

「なんと」

「『松屋』もおしまいだ。せっかく、倅《せがれ》の代になって、これからだというのに……」

「松右衛門どの。気を確かにお持ちください。私が来たからには、片瀬屋の思いどおりにはさせません」

「市之進さま。もう、無理でございます」

松右衛門は気弱に言う。

「片瀬屋が役人を接待している遊里はどこですか」

「なにをするのですか」

妻女が驚いたようにきいた。

「話をしてきます」

「無理です……」

「無理でもやってみなければわかりません」

そこに医者がやって来たので、市之進は下がった。

今まで、使っていた離れがそのままになっており、市之進はそこで夕方まで過ごした。

夕方になって、母屋のほうがあわただしくなった。濡縁に出て見ると、医者が松右衛門の部屋に向かった。

気にしていると、女中が駆けつけて来た。

「大奥さまがお呼びでございます」

市之進は松右衛門のところに飛んで行った。

枕元に、医者が暗い顔で座っていた。伜やその嫁も集まっていた。

松右衛門の顔色に血の気はなかった。

「松右衛門どの、市之進です」

今まさに松右衛門が最期のときを迎えようとしていることがわかった。

市之進に気づいて、松右衛門が目を微かに開き、唇を動かした。

市之進は口許に耳を持って行った。

「市之進さま。きっと、ご仕官を」

そう市之進には聞こえた。

が、再び、松右衛門の唇が動くことはなかった。

市之進の到着を待っていたかのように、松右衛門は死出の旅立ちをしたのだ。

それから四半刻（三十分）後、市之進は安倍川《あべかわ》町にやって来た。この先が安倍川の渡し場である。

市之進はある小路に入って行った。ここに二丁町《にちようまち》遊里がある。

その遊里の中にある料亭の玄関に入って行った。

「こちらに、片瀬屋清兵衛どのが来られておるか。火急の使いできた」

「はい。お見えでございますが」

女将らしき小粋《こいき》な女が訝《いぶか》しげに見る。

「どなたといっしょだ？」

「町奉行所の植木伊右衛門《うえきいえもん》さまにございますが」

女将が不審そうな顔をした。

「案内していただこう」

「今、ご都合をきいて参ります」

「それには及ばぬ」

市之進はさっさと板敷きの間に上がった。

「お待ちください」

「火急だと申しておる。早く、案内せよ」

市之進が強い口調で言うと、気を呑まれたように、女将はあわてて案内に立った。

庭に面した廊下を行くと、賑わいが大きくなった。池で鯉が跳ね、大きな水音がした。

座敷では上座に頰のたるんだ大柄な武士がふんぞり返り、両脇に芸者をはべらしている。下座に、配下の侍が三人、その向かい側には羽織姿の商人が控えていた。

市之進が敷居をまたぐと、大柄な武士が咎めだてするような目を向けた。その視線に釣られたように、商人が顔を向けた。四十年配の男だ。

「片瀬屋清兵衛か」

市之進はその男に声をかけた。

「ご無礼な。ここをどなたのお席と心得られるのか」

片瀬屋は顔色を変えた。

「町奉行所の与力どのとお見受けする」

「それを承知で」

片瀬屋清兵衛が眦《まなじり》をつり上げた。

「片瀬屋清兵衛。そなたは、この与力とつるみ、ごろつきを雇い、『松屋』を襲わせた。その罪、万死《ばんし》に値する」

「下郎、控えろ」

与力は片膝を立てた。

「きさま、何奴」

配下のひとりが立ち上がって叫ぶ。

「皆の者、よう聞け。ここにいる片瀬屋清兵衛とこの与力は、賄賂で結ばれ、好き勝手な振る舞い。この菅沼市之進が成敗する」

市之進が抜刀すると、女たちの悲鳴が轟いた。

「片瀬屋清兵衛、二度と悪事の出来ぬようにしてくれる」

言うや否や、逃げようとした片瀬屋清兵衛を追いかけ、背中から斬りつけた。血飛沫《しぶき》を上げて片瀬屋が絶叫して倒れた。

座敷は阿鼻叫喚《あびきようかん》に包まれた。市之進は倒れた片瀬屋を飛び越え、部屋の隅に逃れた与力に迫り袈裟懸けで倒し、さらに配下の者にも襲いかかった。

市之進はすぐ料理屋を飛び出した。

通りに出ると、町奉行所から役人が駆けつけて来たので、暗がりに身を潜めてやり過ごし、市之進はやみくもに走った。

途中で何度か岡っ引きに見咎められたのを振り切って、市之進は逃げた。

遮二無二に走り回って、行き着いたのは、由井正雪の最期の地である梅屋町だった。

自決した本陣梅屋のあった場所の近くに来た。梅屋は、由井正雪を匿《かくま》った罪で、取り潰されてしまい、今はないが、市之進は往時をしばし偲《しの》んだ。

ようやく荒い息も治まってきた。すると、本宮一太郎と玉枝の顔が脳裏を掠めた。

すべての人生が狂ったのは親友と許嫁の裏切りにあってからだ。ひと思いに殺せなかったことに悔いが残ったが、今は遠い過去のようだ。

その裏切りにあったからこそ、松右衛門を知ることが出来たのだ。そして、青痣与力こと青柳剣一郎のおかげで、松右衛門の仇を討つことが出来た。

しかし、青痣与力の恩誼《おんぎ》に報いることが出来ないことが、市之進に五体を引きちぎるような苦しみをもたらせた。

決して、ひとを殺すな。そう約束したにも拘《かか》わらず、松右衛門の死に接して、怒りを抑えきれなくなったのだ。

ふと、たくさんの提灯の明かりが迫って来るのに気づいた。ついに、町奉行の手の者に囲まれたらしい。

これまでと思った。青痣与力に詫びながら、市之進はまず自分の右頬を斬り、痣をわからなくした。そして、刀の剣先を自分の腹に当て、思い切り突き刺した。

許嫁だった玉枝の顔が脳裏を掠めたが、やがて、市之進は崩れるように倒れた。

八

その日は朝から晴れ渡っていた。

剣一郎はおみつの手をとり、相馬に旅立つおつねを見送った。おつねは佐兵衛の遺骨を持っている。

奇妙なことに、山瀬平馬がおつねに同行するのだ。

山瀬平馬はおみつをいとおしむように見ていたが、おみつは実の姉の子であると聞いたのであろう。

藩内の対立から、心ならずも佐兵衛は平馬の父高山藤太郎と母親を斬ってしまったのだ。その後、佐兵衛は残された三歳のおとよを引き取り、武士をやめて江戸に出た。

やがて、成長した高山藤太郎の子平馬が父母の仇を討ち、高山家の再興を願っていると風の便りに聞き、もし、現れたら仇を討たれてやろうと心に決めていたらしい。

ただ、おみつのことだけが心残りだったが、それも剣一郎に預けることで、心の整理をつけたようだった。

「おばあさま、行ってしまわれましたね」

おみつが遠ざかって行くおつねを見つめながら、泣きべそをかいた。

母を失い、父は囚《とら》われの身に、そして、佐兵衛は死に、と、おみつには過酷な出来事が重なった。

「さあ、行こうか」

おつねの姿が見えなくなって、剣一郎はおみつに言った。


おみつを屋敷に連れて帰ると、剣一郎に奉行所からの呼出しが待っていた。

すぐに支度をして、剣一郎が出仕すると、宇野清左衛門に呼ばれた。

「駿府の町奉行所から手紙が届いた。菅沼市之進が自決したそうだ」

菅沼市之進が片瀬屋清兵衛や与力を斬って自決をしたという経緯を知らされ、剣一郎は瞑目した。

やはり、そうなったかという驚きはあったが、それはかねて剣一郎が覚悟をしていたことだった。

あのとき、菅沼市之進を逃がしたときから、こうなるような予感がしていた。

しかし、これでよかったのかもしれない。たとえ、約束を守って江戸に舞い戻ったとしても、あの者に待っているのは打ち首か、さもなくば獄門であったろう。恩誼を報い、菅沼市之進にとっては本望であろう。己の右頬を斬ったということだが、おそらくそれは私に対して詫びたのであろうと、剣一郎は察した。


その夜、屋敷に戻った剣一郎を、岡部忠太郎が待っていた。

客間で差し向かいになると、

「青柳どの。これまでのこと、なんと御礼を申し上げてよいかわからぬ」

と、岡部が礼を言った。

「さあ、お顔をお上げください」

「多恵どのにもお世話になった。家内も感謝を申し上げている」

岡部は口調を改め、

「じつは、今宵お伺いしたのは、折入ってお願いがあってのこと」

と、真顔になった。

「なんでございましょう」

岡部は少し言い淀《よど》んでから、

「当家で預かっている、おみつなる女の子のことでござる」

と、切り出した。

「おみつのこと？」

「青柳どの。おみつを我が家の養女に迎えたい」

「なんと」

ちょうど、そこに茶を運んで来た多恵も目を見張っている。

岡部忠太郎は、剣一郎と多恵の顔を交互に見て、

「先日、家内が多恵どのに御礼に上がったとき、おみつを見て、すっかり気に入ってしまったのだ」

「しかし、おみつは……」

錠前殺しの富蔵の一味、伊太郎の子だと口に出かかった。が、岡部忠太郎はそれを察したように、

「父親はともかく、母親はれっきとした武家の出。ゆくゆくは、おみつに婿をとらせ、岡部の家を継がせるつもり。いかがでござるか」

「それは、願ってもない、よい話ですが」

転々とさせられる身のおみつを不憫に思ったが、岡部忠太郎の家に引き取られるの

なら、この上ない仕合せだとも思った。きっと佐兵衛も喜んでくれるだろう。

　多恵と顔を見合わせてから、

「わかりました。おみつにはからい、改めてご返事をいたします」

　と、剣一郎は言った。

「頼んだ」

　岡部忠太郎が引き上げたあと、おみつを呼んだ。

「おみつ。じつは、そなたを気に入り、養女にしたいという御方がおるのだ」

「私はどうしたらいいかわかりません。佐兵衛おじいさまが仰っていました。青柳のおじさまの言うことを素直に聞いていれば間違いないと。おじさまにお任せいたします」

　その健気《けなげ》さに打たれたのか、多恵がそっと目頭を押さえた。

　剣一郎も胸が熱くなった。

「おみつ。おまえを養女にしたいというのは、きのうもいらした久野さまですよ」

　多恵が微笑みながら言う。

「えっ、あの御方がですか」

「そうです」

「あの御方、私のかかさまに似ています」

おみつはうれしそうに言った。

おみつの明るい顔に救われたように、剣一郎は多恵と顔を見合わせた。

一〇〇字書評

切り取り線

まやかし

購買動機（新聞、雑誌名を記入するか、あるいは○をつけてください）	
□（　　　　　　　　　　　）の広告を見て	
□（　　　　　　　　　　　）の書評を見て	
□ 知人のすすめで	□ タイトルに惹かれて
□ カバーが良かったから	□ 内容が面白そうだから
□ 好きな作家だから	□ 好きな分野の本だから

・最近、最も感銘を受けた作品名をお書き下さい

・あなたのお好きな作家名をお書き下さい

・その他、ご要望がありましたらお書き下さい

住所	〒				
氏名		職業		年齢	
Eメール	※携帯には配信できません	新刊情報等のメール配信を 希望する・しない			

この本の感想を、編集部までお寄せいただけたらありがたく存じます。今後の企画の参考にさせていただきます。Eメールでも結構です。

いただいた「一〇〇字書評」は、新聞・雑誌等に紹介させていただくことがあります。その場合はお礼として特製図書カードを差し上げます。

前ページの原稿用紙に書評をお書きの上、切り取り、左記までお送り下さい。宛先の住所は不要です。

なお、ご記入いただいたお名前、ご住所等は、書評紹介の事前了解、謝礼のお届けのためだけに利用し、そのほかの目的のために利用することはありません。

〒一〇一－八七〇一
祥伝社文庫編集長　清水寿明
電話　〇三（三二六五）二〇八〇

祥伝社ホームページの「ブックレビュー」からも、書き込めます。

www.shodensha.co.jp/bookreview

祥伝社文庫

まやかし　風烈廻《ふうれつまわ》り与力《よりき》・青柳剣一郎《あおやぎけんいちろう》

平成20年10月20日　初版第1刷発行
令和 6 年11月30日　　　第8刷発行

著　者　小杉健治《こすぎけんじ》
発行者　辻　浩明
発行所　祥伝社《しょうでんしゃ》
東京都千代田区神田神保町3-3
〒101-8701
電話　03（3265）2081（販売）
電話　03（3265）2080（編集）
電話　03（3265）3622（製作）
www.shodensha.co.jp

印刷所　堀内印刷
製本所　ナショナル製本

Printed in Japan ©2008, Kenji Kosugi ISBN978-4-396-33462-8 C0193

祥伝社文庫の好評既刊

小杉健治
札差殺し
風烈廻り与力・青柳剣一郎①

旗本の子女が立て続けに自死する事件が続くなか、富商が殺された。なぜ目撃者を二人の刺客が狙うのか？

小杉健治
火盗殺し
風烈廻り与力・青柳剣一郎②

江戸の町が業火に。火付け強盗を利用するさらなる悪党、利用される薄幸の人々のため、怒りの剣が吼える！

小杉健治
八丁堀殺し
風烈廻り与力・青柳剣一郎③

闇に悲鳴が轟《とどろ》く。剣一郎が駆けつけると、同僚が斬殺されていた。八丁堀を震撼させる与力殺しの幕開け…。

小杉健治
刺客殺し
風烈廻り与力・青柳剣一郎④

江戸で首をざっくり斬られた武士の死体が見つかる。それは絶命剣によるもの。同門の浦里左源太の技か!?

小杉健治
七福神殺し
風烈廻り与力・青柳剣一郎⑤

人を殺さず狙うのは悪徳商人、義賊「七福神」が次々と何者かの手に…。真相を追う剣一郎にも刺客が迫る。

小杉健治
夜烏《よがらす》殺し
風烈廻り与力・青柳剣一郎⑥

冷酷無比の大盗賊・夜烏の十兵衛が、青柳剣一郎への復讐のため、江戸に戻ってきた。犯行予告の刻限が迫る！

祥伝社文庫の好評既刊

小杉健治
女形《おやま》殺し
風烈廻り与力・青柳剣一郎⑦

「おとっつあんは無実なんです」父の斬首刑は執行され、さらに兄にまで濡れ衣が…真相究明に剣一郎が奔走する！

小杉健治
目付殺し
風烈廻り与力・青柳剣一郎⑧

腕のたつ目付を屠った凄腕の殺し屋を追う、剣一郎配下の同心とその父の執念！　情と剣とで悪を断つ！

小杉健治
闇太夫《やみだゆう》
風烈廻り与力・青柳剣一郎⑨

百年前の明暦大火に匹敵する災厄が起こる？　誰かが途轍もないことを目論んでいる…危うし、八百八町！

小杉健治
待伏せ
風烈廻り与力・青柳剣一郎⑩

絶体絶命、江戸中を恐怖に陥れた殺し屋で、かつて風烈廻り与力青柳剣一郎が取り逃がした男との因縁の対決を描く！

小杉健治
まやかし
風烈廻り与力・青柳剣一郎⑪

市中に跋扈《ばっこ》する非道な押込み。探索命令を受けた青柳剣一郎が、盗賊団に利用された侍と結んだ約束とは？

小杉健治
子隠し舟
風烈廻り与力・青柳剣一郎⑫

江戸で頻発する子どもの拐かし。犯人捕縛へ〝三河万歳〟の太夫に目をつけた青柳剣一郎にも魔手が……。

祥伝社文庫の好評既刊

小杉健治
追われ者
風烈廻り与力・青柳剣一郎⑬
ただ、〝生き延びる〟ため、非道な所業を繰り返す男とは？ 追いつめる剣一郎の執念と執念がぶつかり合う。

小杉健治
詫び状
風烈廻り与力・青柳剣一郎⑭
押し込みに御家人飯尾吉太郎の関与を疑う剣一郎。そんな中、倅の剣之助から文が届いて…。

小杉健治
向島心中
風烈廻り与力・青柳剣一郎⑮
剣一郎の命を受け、伜・剣之助は鶴岡へ。哀しい男女の末路に秘められた、驚くべき陰謀とは？

小杉健治
袈裟《けさ》斬り
風烈廻り与力・青柳剣一郎⑯
立て籠《こ》もった男を袈裟懸《けさが》けに斬り捨てた謎の旗本。一躍有名になったその男の正体を、剣一郎が暴く！

小杉健治
仇返《あだがえ》し
風烈廻り与力・青柳剣一郎⑰
付け火の真相を追う剣一郎と、二年ぶりに江戸に帰還する悴《せがれ》・剣之助。それぞれに迫る危機！ 最高潮の第十七弾。

小杉健治
春嵐《しゅんらん》（上）
風烈廻り与力・青柳剣一郎⑱
不可解な無礼討ち事件をきっかけに連鎖する事件。剣一郎は、与力の矜持《きょうじ》と正義を賭け、黒幕の正体を炙《あぶ》り出す！

祥伝社文庫の好評既刊

小杉健治　春嵐（下）　風烈廻り与力・青柳剣一郎⑲

事件は福井藩の陰謀を孕《はら》み、南町奉行所をも揺るがす一大事に！　巨悪に立ち向かう剣一郎の裁きやいかに？

小杉健治　夏炎《かえん》　風烈廻り与力・青柳剣一郎⑳

残暑の中、市中で起こった大火。その影には弱き者たちを陥《おとし》れんとする悪人の思惑が…。剣一郎、執念の探索行！

小杉健治　秋雷　風烈廻り与力・青柳剣一郎㉑

秋雨の江戸で、屈強な男が針一本で次々と殺される…。見えざる下手人の正体とは？　剣一郎の眼力が冴える！

小杉健治　白頭巾　月華の剣

新心流居合の達人・磯村伝八郎と、義賊「白頭巾」の顔を持つ素浪人・隼新三郎の宿命の対決！

小杉健治　二十六夜待

過去に疵《きず》のある男と岡っ引きの相克、情と怨讐。縄田一男氏激賞の著者ならではの、〝泣ける〟捕物帳。

藤原緋沙子　恋椿　橋廻り同心・平七郎控①

橋上に芽生える愛、終わる命…橋廻り同心平七郎と瓦版女主人おこうの人情味溢れる江戸橋づくし物語。

祥伝社文庫の好評既刊

藤原緋沙子
火の華《はな》
橋廻り同心・平七郎控②

江戸の橋を預かる橋廻り同心・平七郎が、剣と人情をもって悪を裁くさまを、繊細な筆致で描くシリーズ第二弾。

藤原緋沙子
雪舞い
橋廻り同心・平七郎控③

雲母橋《きらず》・千鳥橋《ちどり》・思案橋《しあん》・今戸橋《いまど》。橋廻り同心・平七郎の人情裁きが冴えわたる好評シリーズ第三弾。

藤原緋沙子
夕立《ゆだ》ち
橋廻り同心・平七郎控④

人生模様が交差する江戸の橋を預かる、北町奉行所橋廻り同心・平七郎の人情裁き。好評シリーズ第四弾。

藤原緋沙子
冬萌え
橋廻り同心・平七郎控⑤

泥棒捕縛に手柄の娘の秘密。高利貸しの優しい顔――橋の上での人生の悲喜こもごも。人気シリーズ第五弾。

藤原緋沙子
夢の浮き橋
橋廻り同心・平七郎控⑥

永代橋の崩落で両親を失い、深い傷を負ったお幸を癒《いや》した与七《よしち》に盗賊の疑いが――橋廻り同心第六弾！

藤原緋沙子
蚊遣《かや》り火
橋廻り同心・平七郎控⑦

江戸の夏の風物詩――蚊遣り火を焚く女の姿を見つめる若い男…橋廻り同心平七郎の人情裁きやいかに。

祥伝社文庫の好評既刊

野口　卓　飛翔　軍鶏侍③

小柳治宣氏、感嘆！　冒頭から読み心地抜群。師と弟子が互いに成長していく成長譚としての味わい深さ。

辻堂　魁　風の市兵衛

さすらいの渡り用人、唐木市兵衛。心中事件に隠されていた奸計とは？〝風の剣〟を振るう市兵衛に瞠目！

辻堂　魁　雷神　風の市兵衛②

豪商と名門大名の陰謀で、窮地に陥った内藤新宿の老舗。そこに現れたのは〝算盤侍〟の唐木市兵衛だった。

辻堂　魁　帰り船　風の市兵衛③

またたく間に第三弾！「深い読み心地をあたえてくれる絆のドラマ」と小柳治宣氏絶賛の〝算盤侍〟の活躍譚！

辻堂　魁　月夜行　風の市兵衛④

狙われた姫君を護れ！　潜伏先の等々力・満願寺に殺到する刺客たち。市兵衛は、風の剣を振るい敵を蹴散らす！

辻堂　魁　天空の鷹《たか》　風の市兵衛⑤

まさに時代が求めたヒーローと、末國善己氏も絶賛！　息子を奪われた老侍とともに市兵衛が戦いを挑むのは!?